現代っ子な陰陽師
蘆屋千炉
「僕も手伝ってあげようか？
ほら、襲っちゃったお詫びにさ」
「アンタ、俺のこと
覚えてるな？」
異世界帰りの元勇者
老日勇

センス抜群の刀使い
八研御日
「良かった。私、強くなれる？」
「気づいちゃいましたか」
異界を研究する女子高生
犀川翠果

「ちゃんと、私の目を見て
約束してね？」
魔眼持ちの特別巡査
白雪天慧

異世界から帰ってきた
勇者は既に
擦り切れている。

晩月ライト

ぶんか社

C O N T E N T S

1　プロローグ

魔王は死んだ。邪神も殺した。つまり、俺の役目は終わった。

「……終わり、か」

無理やり顕現させた邪神が滅び、粒子と化《か》して世界に溶けていくのを見ながら俺は独り言を呟《つぶや》く。

「女神サマ、予定変更だ。やっぱり、ここでもう帰してくれ」

黒紫色《こくししょく》に染まっていく大地。きっと、この地はしばらく人が住めなくなるだろう。だけど、ここからは俺の仕事じゃない。凱旋《がいせん》をする気力もないし、皆に別れを告げるのも、やめた。

『――――よろしいのですか？』

天から声が聞こえる。今まではただの会話さえもったいぶってたくせに、今はこうも簡単に応えてくれるのか。文句を垂れようとも思ったが、それさえおっくうだ。

「……あぁ、帰してくれ」

歳《とし》を取ったな、と思う。というか、若さを失ってしまったんだろう。一応、俺は二十二歳だが地球に帰ってから活力を持って生きられるんだろうか。

「……このまま黙って俺を消し去っても、文句は言わないぞ」

地球に俺を帰すのに莫大《ばくだい》なエネルギーが必要なのはわかっている。それは、たとえ神であろうと余裕でできることではないのだろうと知っている。

『いえ、約束は守ります。私まで悪神に堕《お》ちてはいよいよこの世界は滅びてしまいますから』

女神の言葉に思わず乾いた笑いが漏れた。約束を守るのは俺のためじゃなくて、あくまでこの世界のためらしい。徹底してる、本当に。

「……いや」

俺が許可してる以上、契約は破棄できるはずだ。それでも、約束を守るってことは……

「なんだ、アンタにも人の心はあるんだな」

『……わかっているのなら、素直に感謝してください』

返事はせずに、俺は無言で空を見上げた。

「いつでもいいぜ」

星が綺麗《きれい》だ。もう、夜か。僅《わず》かでも力を削《そ》ぐために朝に始めたのは、結局意味がなかったってことだな。

『……最後に忠告しておきます。向こうに帰っても、気を抜かないように。貴方《あなた》が変化しているのと同じように、世界も変化しています。きっと向こうの世界では今までと違う景色が見えることでしょう』

「あぁ、肝に銘じとく」

向こうに帰ったら何をしようか……まずは、コーラでも飲みたいところだな。

『それでは、お疲れさまでした。この先、私だけは貴方の苦労と旅路、その上の偉業を忘れることはありません……良い人生を』

意識が揺れる。白い光が、視界を覆った。

◇

目を覚ました。それからすぐに、そこが地球だとわかった。日本だとわかった。

「……あぁ」

路地裏から出ると同時に、声が漏れた。

「ぁ、あ……ぁぁ……かえって、きた……」

自動車の音、立ち並ぶビル、全てが、全てが……。

「ぁ」

久し振りに、涙が零《こぼ》れた。一筋だけ伝う涙に、忘れていた感傷が溢《あふ》れる。

「……五年、か」

それだけの年月が経《た》っている。

「これ、意味ないよな」

俺は虚空《こくう》から学生証を引っ張り出した。十七歳の俺が写っている。これから異世界で戦わされるなんて知らない、のんきな顔だ。

「……待てよ」

別次元に飛ぶってことは、時間のズレがあるはずだ。完璧じゃなければ空間のズレもある。女神様ならそこら辺も考慮してくれたって可能性もなくはないが、難しいはずだ。あの女神はそういうのは専門じゃない。実際、ここが何県かすら俺にはわからないしな。

「あの、すみません」

「えッ、は、はい……なんですか？」

俺が声をかけると、少し驚きながら会社員らしき若い男は足を止めた。

「すみません、今って西暦何年ですか？」

「あ、タイムスリップ……みたいな設定ですか？」

「は？」

思わず顔を顰《しか》めてしまったが、冷静に考えれば茶化されて普通な質問だ。それと同時に、男が最初に驚いていた理由もわかった。俺の格好だ。向こうの世界の装いだから当然だが、現代にはそぐわないだろう。

「あぁ、まぁ、そんなもんです。それで、何年ですか？」

「二〇五七年ですけど」

三十年、だ。俺が飛ばされてから、この世界では三十年経ってる……そう、か。

「……コーラ、まだあるか？」

独り言《ご》ちる俺をちょっとニヤつきながら見る男の視線に気づいた俺は、頭を下げてこの場を去ることにした。

「つーか、地球にもちゃんと魔力ってあんだな」

理論的に地球にも魔力が存在するのは知っていたが、向こうとそこまで変わらない濃度で魔力が存在しているとは思わなかった。この濃度で魔物が湧いたりすることはないのかと疑問が湧くが、とりあえずこれなら魔術の行使も問題ない。

「まぁ、魔術なんてあんまり使う機会もないだろうけどな」

と、言葉に出してから魔術を使えばいくらでも金を稼げるだろうことに思い当たる。

「……こっちでの生き方も考えないとな」

下手に混乱を招くのは本意じゃない。けど、楽に稼げるならそれが一番いいかもしれない。

「いや、普通に働く方がいいかもな」

楽に稼げるってことは、暇な時間が多いってことだ。仕事に忙殺《ぼうさつ》されるのはキツいが、今の俺にはそのくらい余裕がない方がいい気もする。余計な考え事ばっかりしてると、きっと良くないことになる。

「……見られてるな」

結構な視線が俺に集中している。

ここがそこその都会だってこともあって、人が多い。その分の視線の多さは、割と煩《わずら》わしかった。

「金は、一応まだある」

私用空間と名付けられた魔術によって俺は常に大量の物資を、重量を気にせずに持ち運べる。魔力の消費も空間を開く際にしか発生しないのでコスパも良い。さっき学生証を虚空から取り出したのもこれだし、転移前に持っていた日本の金を収納しているのもこれだ。

「一万二千円、か」

とりあえず、今日は疲れた。何せ、さっき邪神を倒してきたばっかりなんだ。

一日くらい何もせずに眠ったって誰も文句は言わないだろう。

「……身分証、要るのか？」

スマホは向こうで研究材料にされてから返ってこなかったからな、調べることもできない。

「まぁ、ないならないで野宿でいいか」

俺は地球の誰よりも野宿が得意な自信がある……いや、どうだろうな。向こうでの野宿は割と魔術や道具によるゴリ押しだったからな。実はそうでもないかもしれない。

とはいえ、向こうでの野宿よりこっちでの野宿のが安全なのは明らかだろう。安心して寝れるな、浮浪者《ふろうしゃ》として。

「しかし、三十年も経ってる割には景色が変わらないな」

科学の進歩は行き詰まってしまったのだろうか。変わり果てた景色になってるよりはマシだが、これはこれでちょっと残念だ。

「……あった」

ホテルだ。ビジネスホテルだ。

「行くか」

ちょっと気後れする気持ちもあるが、行かない選択肢もない。頼む、俺をベッドで寝かせてくれ。

「……意外と、質素でもないのか」

ビジネスホテルに入る。意外にも高級感のあるエントランスに俺は視線をさまよわせる。異世界に行く前は高校生だった俺にとっては縁のない場所だった。

「一泊で。相部屋は……いや、なんでもありません。一番安い部屋で」

言い慣れた言葉が思わず出てしまった。相部屋が当たり前にあった向こうの宿屋とは違う。

ここは素晴らしき現代だ。

お一人様につき一部屋、これが当然だ。

「……はい。一泊の料金はこちらとなります。それでは、こちらの機械に指を差し込んでください」

「はい、わかりま……は？」

小さな機械。いや、機械に見える物。一目見ればわかる。それは、機械ではない。

「……魔道具？」

この地球に存在するはずのない物体が、確かにそこに存在していた。

2　異界接触現象

思わず眉をひそめてしまった俺に、男は不思議そうな顔で頷《うなず》く。

「え？　は、はい。ホテル等に宿泊されるのは初めてでしょうか？　こちらは魔力の波長を記録する魔道具となっております。これによってチェックインやチェックアウトの際の本人確認をスムーズかつ確実に行っております」

魔力の波長を読み取るなんの変哲もない道具。向こうならそうだった。だが、こっちに存在しているとは夢にも思っていなかった。

「……あぁ、女神の忠告はそういうことか」

世界も変化していますとは聞いたが、これは変化し過ぎってもんだろう。

「これに指を入れればいいんですね？」

「はい、そうです。すぐに終わりますよ」

念のため、注視してみるが罠ではない。本当にただ魔力の波長を読み取るだけの魔道具だ。俺はスッと指を差し込む。

「はい、ありがとうございます。最後にお名前をお願い致します」

「あぁ、はい」

結局何か書く必要はあるのか。そう思いながら、差し出された紙に老日勇《ろうびいさみ》と書き込んだ。勇なんて名前の奴《やつ》が勇者として召喚されるなんて出来過ぎだろうと思うかもしれないが、名前というのは重要な要素だ。こんな名前だからこそ俺が呼ばれたってことだ。

「それでは、こちらの鍵をどうぞ」

「どうも」

案内とかはしてくれないんだな。そう思いながら俺は鍵に付いている半透明な棒に書かれた番号に従って部屋に向かった。

「ここか」

扉を開き、部屋に入り、鍵を閉め、それからすぐにベッドに転がった。

「……上等だな。上等なベッドだ」

いつぶりだろう、ここまで柔らかいベッドで寝たのは。

「寝る、か」

目を閉じると、すぐに意識が微睡《まどろ》んで消えた。

◇

開いたままのカーテン。窓から朝日が差し込んで目を覚ました。

「……朝か」

寝たのは昼ぐらいだったから、かなりの時間眠ったことになる。それだけ疲れてたのは事実だ。

「チェックアウト……前に、着替えるか」

俺は虚空からいろいろと服を引っ張り出した。

「これでいいか」

俺はその中からギリギリ現代でも通用しそうな物を選び、着替えた。黒と灰色のみで構成されたファッションになったが、まぁどうでもいいだろう。

「行くか」

俺は部屋を出て階段を降り、ホテルのエントランスまで向かった。

「すみません、チェックアウトで」

「三〇二……老日勇さんですね」

俺は頷き、差し出された魔道具に指を差し込んだ。それから、言われた通りに料金を払う。

「ありがとうございました。またのご利用をお待ちしております」

頭を下げる受付の男に会釈し、俺はホテルを去った。


日差しが暖かく、心地良い。今は春だろうか。

「にしても、魔道具か」

ホテルにあった、魔力の波長を読み取る道具。しかも、かなり一般的な物のようだった。

つまり、この世界には魔術の存在が広く普及しているということだろう。

「一体、俺が飛ばされてから何があったんだろうな……」

調べる必要がある。もしかすると、悪目立ちすることなく魔術を用いて金を稼げるかもしれない。

「図書館……探すか」

とはいえ、スマホもなしに探すのは難しい。

「交番なら、すぐ見つかるかな」

どっちかが見つかるまでぶらぶらと歩こう。散歩だ。

「……腹、減ったな」

予定変更だ。

「先に飯だな」

せっかくだから、ハンバーガーでも食いたい。チェーン店の一個くらいすぐ見つかるだろう。図書館と交番を探すよりは全然簡単だ。


あった。良かった。まだあったんだな。

黄色いMの看板。俺は迷わずその店に入った。

「チーズバーガー……は、朝だからないのか。じゃあ、ベーコンエッグサンドとコーラで」

野菜やパティは入っていないが、名前通りベーコンとエッグ、後はチーズも挟まっていてそこそこは満足できるだろう。半分も腹が満たされるとは思えないが。

「懐かしいな、この感じ」

注文が受領されたので、俺は下がって出来上がるまで待機する。それからすぐに番号を呼ばれたので、トレイを受け取った。上には袋に包まれたバーガーと、Ｍサイズのコーラが載っている。

「……うまい」

上品な味じゃない。きっと、この日本では値段相応の味だ。それでも、俺の心には感動があった。

「懐かしい……懐かしいな」

昔はよく食ったよな……あのころから、全く変わっていない味だ。

「あの……」

横から声をかけられた。

「ん、すみません。なんですか？」

嚥下《えんげ》し、声の方に視線を向ける。髪が緑色の若い女だ。目も緑色。俺よりも歳は下。制服は着ていないが、学生だろう。魔力に妙な動きは見えない。

敵対意思もなさそう……って、そりゃそうか。こっちの世界じゃ、良くない癖だな。

「あの、なんで泣きながらハンバーガー食べてるんです？」

「なんでって……思い出し泣きってやつだな」

突然聞いてくるなんて妙な女だな。

涙を流してハンバーガー食ってる俺も十分に妙だが。

「お、思い出し泣き……って、そうじゃなかった。その、貴方の着てる服について聞きたかったたんです。その服、明らかに普通じゃないですね。それと、貴方から一切の魔力を感じられないんですけど、それもその服の能力ですか？」

　この女、面倒だな。

　俺は静かに女の目を観察した。敵意はない。純粋な疑問、か。

「その前に一つ聞かせてくれ」

「はい。いいですよ」

　綺麗な緑色の短髪だが、ところどころ跳ねている。容姿に気を使うタイプではないようだが、髪は染めたのか？

　顔立ちは整っている。多少童顔だが、見た目だけで男には好かれそうだ。

「アンタは、優秀な部類の人間か？　魔術やそれに類する分野において、だ」

「はい。一般的に見たら優秀な部類に入ると思いますよ」

　ちゅうちょなく答える女。なるほど、こいつは日本人に受け継がれた謙遜の心を忘れたらしい。

　まぁ、別にいいが。

「そうか……俺の魔力を隠蔽《いんぺい》しているのは服の能力じゃない。俺自身がそうしているだけだ」

「なるほど……それ、食べ終わったらでいいので私のラボに来てもらえませんか？」

　どうやら、この返事で興味を持たれてしまった。だが、問題ない。

「いいが、対価としていろいろと話を聞かせてほしい。俺が質問した内容は他の誰にも口外しないというのも条件の一つだ」

「ふむ……いいですよ」

まぁ、最悪いろいろと都合の悪いことがバレたら記憶を消してやればいい。とりあえず、俺はバーガーとコーラを楽しむことにした。

「……あの、少しは急いで食べるとかしないんです？」

相変わらず俺の横に立っている女はそう宣《のたま》った。

「五年ぶりなんだ。味わって食べるくらい許してくれ。それに、席は空いてるだろう」

「五年ぶり……」

洞察するように俺の目を見る女。どうやら、情報を一つ落としてしまったらしい。だが、この程度はどうせ質問する時にバレる。問題はないだろう。

「ところで、その服はどこで手に入れた物なんですか？」

「ん、覚えてな……いや、もらい物だった。友人からもらった」

バーガーを食い終わった俺は、コーラをちびちびと飲んでいく。

「なるほど……ちなみに、その友人さんと会わせていただくことはできます？」

「いや、無理だな」

「一度、その本人にお伺いを立ててもらうこともできませんか？」

お伺い、立てられたらいいんだがな。

「無理ってのは、不可能って意味だ。ランドの奴は、もう死んでる」

「……すみません」

俺はひらひらと手を振った。

話に出した人物が故人だったなんて向こうじゃよくあることだ。いちいち暗い顔をするもんじゃない。

「ランドさん、ですか……」

俺の言葉を反芻《はんすう》する女。後で調べたりするのだろうか。

まぁ、どれだけ調べても絶対に出ないけどな。ただ、ランドって名前自体がヒントではあるか。

明らかに日本人の名前じゃない。

「あ、お名前を聞いてもいいです？」

「イサミ……老日勇だ」

俺の名前を聞いてからすぐにスマホっぽいものを取り出して調べ出す女。

目の前でそれをやるのはどうかと思うが、ランドのことはすぐに調べなかったあたり、本当に最低限の配慮はあるのだろう。

「……三十年前に、行方不明？」

「あぁ、しまったな」

そうか。そういうこともあるか……日本だからって気を抜き過ぎるのも良くないな。

「……随分、お若いですね」

「若作りだ」

記憶、消すか？

消さない理由がないよな。

「条件に今の話も口外しないというのも含む、というのはどうですか？」

「冷静だな」

すぐに口止めされる可能性に思い至ったのは冷静だ。平和な日本で殺されるなんてありえないと楽観的な考えにならないってのも冷静だ。

「自分のことを、優秀だと言ってたな」

「……」

実際、それは事実なのだろう。

私のラボに来てくれませんか、これを言葉通りに取ればこいつは自分のラボを持っているのだろう。そうでなくても、そのラボ内である程度の権限を有しているはずだ。

確かに、優秀だ。

だからこそ、俺は甘い判断が許されないってわけだ。

「まぁ、そうだな……命とか、健康は保証する。今まで通りに生きていける、その保証はする。安心しろ」

記憶は消そう。女神は言っていた。気を抜くな、と。

相手が女でも、学生でも、油断はしない。実際、この状況になっているのは、さっきまで俺が気を抜いていたせいだ。

「……じゃあ、わかりました。貴方が何をするかはわからないですけど、それで構いません。ただ、質問に答えるのが終わってからにしませんか？　貴方がどんな質問をするのか、気になるんです」

そう言って、女は俺の目の前の席にやっと座った。二人用の席だったんだから、さっさと座っておけばよかったのにな。

「……わかった。俺としても都合がいいしな」

質問した後に記憶を消す。これが俺としても最良の形だ。願ったり叶《かな》ったりではある。

「その前に、さっきのスマホを見せてくれ。録音されてたら意味ないからな」

「はい、どうぞ」

俺は差し出されたスマホを確認する。俺のいたころとは違う型だが、大体は変わっていないスマホだ。ただ、魔力を感じるので魔道具としてもいろいろな役割を果たせるのだろう。

「……問題ない」

録音はされてないように見えた。が、一応電源は落としておく。

「じゃあ、質問してもいいか？」

「はい、なんでもどうぞ」

女の魔力に動きはない。記憶を保持される心配もないだろう。俺はフッと息を吐き、質問を思い浮かべた。

「まず、そうだな……この地球で、魔術が発見されたきっかけを教えてくれ」

「魔術が発見されたきっかけ……というか、地球の魔力濃度がここまで上昇したのは異界接触現象によるものです」

異界接触現象。聞いたことのない単語に俺は眉をひそめた。

しかし、女は構わず話を続ける。

「クラスファイブの異界接触現象により、この世界は取り返しのつかないレベルで別世界と混ざってしまいました」

「……そういうことか」

この世界は……地球という意味ではなく、この全宇宙という意味でのこの世界は、常に揺れ続けている。空間内部の揺れではなく、空間自体が揺れているので内部の俺たちがその揺れの物理的影響を受けることはない。

「異界接触現象っていうのは、揺れによるもので合ってるか？」

「はい。次元の揺らぎによって並行次元と接触することがあります。それが異界接触現象です。今までも実はそれによってさまざまな問題が発生していたらしいのですが、公的な機関によってそれは秘匿され、秘密裏に対処されてきました……が、クラスファイブの異界接触現象により、その努力も無に帰しました」

つまり、俺が日本にいたころから異界接触現象自体は起きてたってわけだな。

「クラスファイブの並行次元との接触はこの地球を大きく変質させました。具体的には異常なまでの魔力濃度の上昇。現在の濃度は元の地球の数千倍と言われています」

なるほどな……この濃度で魔物が湧かないものかと不思議に思っていたが、こうなったのは最近のことなのか。

「待てよ。じゃあ、今は魔物も普通に湧いてくるってことか？」

「管理されていない場所ではそうですね。もちろん、人間の居住区では湧かないように処置がされています」

ですが、と女は続ける。

「昔は当然、そんな処置もされていなかったので普通に魔物が湧き始めました。全世界に、一斉にです」

「……恐ろしいな」

ほとんどの人間が魔力さえ知らない地球に突如無数の化け物が湧き出してくる。安全なはずの居住区からも、だ。

「いいえ、この異界接触現象は事前に感知されていました。なので、備えはありました。各国は軍を国の至る所に散らばせ、その日中には全国民を安全な避難所に誘導しました」

「さすがに人類は偉大だな」

「まぁ、それだけやってもたくさん死にましたけどね」

たくさん、か。

「その犠牲の上に、全世界が協力し研究を進めてなんとか魔物の発生への対処を見つけ、都市部では完全に危険がなくなりました。ですが、それまでに数日の時間を要しました。当然ですがその数日間、国民は避難所から動くことはできませんでしたから、当然いろいろと問題は起きます。それに伴って人もいっぱい死にましたが……そのイレギュラーは、結果的に人類が全滅する危険性を排除することになりました」

ふん、と俺は相槌《あいづち》を打った。

「避難所から抜け出し、魔物と相対する一般市民たち……彼らの中には、ただ殺されるままでない者が一部いました。空間に満ちた魔力を直感的に扱える者など、特殊な能力を手にした者たちがいたのです」

あぁ、なるほどな。

「魔法使い、か」

魔術士とは別だ。魔法使いは空気中の魔力を直接操作し、変化させることができる。それぞれ属性の得意不得意はあるが、基本的には魔力を自由自在に扱えるのだ。そこに理論なんてものはなく、圧倒的な力技でしかない。が、いまいましいことに魔法というのは大抵の魔術よりも大きな効果を簡単に得られる。

「魔法使い、という呼び方はわかりませんけど……異能者と呼ばれた彼らは軍隊を上回る速度で一斉に溢れた魔物を排除していきました。彼らの発生がなければ人類は滅びていた可能性もあると言われています」

なるほどな。

今の地球があるのはそいつらのおかげってわけか。気が向いたら感謝しておこう。

「軍隊からは異能者は出なかったのか？」

「ゼロではありませんが、一般市民から覚醒した者がほとんどでした」

まぁ、そうか。魔法使いのほとんどはバカか楽天家だからな。真面目な軍人からはあまり出現しないのも頷ける。

「……聞きたいことは大体聞けたな」

「もう終わりです？」

俺は頷こうとして、一つ思い出した。

「身分証明書も金もコネもなくて金を稼げる方法とかないか？」

「勇さん、腕っぷしには自信ありますよね？」

「あぁ」

俺は即答した。女はニヤリと笑う。

「特殊狩猟者になったらどうです？」

なんだそれ。

冒険者みたいなもんか？

「特殊狩猟者っていうのは、魔物を狩猟する許可を持つ人のことです。つまり、魔物を狩ってその素材を売って稼げます」

俺は思わず乾いた笑いを零した。

「結局、こっちでも同じってわけか」

「こっち、とは？」

俺は手を振り、答える気がないと示した。

「もちろん、特殊狩猟者になるには免許が必要です。つまり、試験を受ける必要があります」

「その試験には、いくら必要になる？」

女は指を一本立てた。

「千円か？」

「……一万円ですよ」

呆《あき》れたような目をする女。俺は手を顎に当てて考えた。

「まさか、ないんですか？」

「今、俺の所持金は約四千円だ」

女は額に手を当て、ため息を吐《つ》いた。それから、バッグに手を突っ込み財布を取り出した。

「いや、それはさすがに……」

学生から恵んでもらうのは、さすがの俺も遠慮するところだ。

「貸すだけです。絶対、返しに来てください」

「今、財布の中に十枚以上見えたな」

こいつ、ガキのくせにどんだけ金持ってるんだ。

「言った通り、私は優秀なのでお金もたくさん持ってるんです。でも、返しに来てくださいね」

「いや、さすがに子供から借りるのはな……」

俺が渋ると、女は目を細める。

「じゃあ、誰が貴方にお金を貸してくれるんですか？　多分、私以外に貸してくれる人なんていないと思いますけど」

身分証なしじゃ、借金も難しいか……借りる、か。

「わかった。貸してくれ。倍にして返す」

「それ、絶対返さない人のセリフですね。別に倍じゃなくてもいいので返しに来てくださいね」

そこまで言われて、気づいた。

こいつの目的は、俺にもう一度会うことだ。実際、一万円が返ってくるかどうかなんてどうでもいいのだろう。

「これ、私の連絡先です。あと、私の通ってる高校とか試験を受けられる場所とかについても書きました。それじゃ、質問は終わりでいいです？」

「あぁ、問題ない」

俺が答えると、女は黙って目を閉じた。

「じゃあ、悪いが……三十分以内の記憶を消させてもらう」

質問に答えてもらった礼にはならないだろうが、記憶を好き勝手に見るのはやめておいた。

「はい、どうぞ」

俺は女の頭に手を当てた。そのまま、魔術を行使する。それだけでここまで三十分間の記憶が消滅し、女の意識は一分間だけ停止することになった。その間に俺はお暇《いとま》させてもらう。

「……悪いな」

胸の内の罪悪感を言葉にして吐き出してから、俺は会計に向かった。

◇

ん、あれ、私、いつから寝てましたっけ。

「……おかしいです」

私、こんな店に来た覚えないですよ。

しかも、机の上にはトレイも商品も何も載ってないですし、明らかに不自然です。

「んー、記憶が混濁《こんだく》してますね」

スマホを取り出して……電源が切れてますね。起動は……できました。充電も十分残ってますし、明らかにわざと切られてますね。

「大体、三十分くらいですね」

時間を確認し、わかった。はっきりと記憶が抜け落ちているのは直近の三十分。

「怪我《けが》は特になし……強い衝撃を受けた形跡もなし、ですね。ただ、僅かに魔力の名残を感じます」

自分で自分を確かめても、不思議なほどに無事。私の容姿に惹かれた誰かが襲ってきたっていう線が一番濃かったんですけど、そうじゃないみたいです。

「この三十分で何かが起きて、その部分の記憶を奪われた……」

まず、大きな事件ではないですね。大規模な何かなら、目撃者が複数いるはずなので私の他にも

CheMicaL

混乱してる人が複数いないとおかしいですが、そんな様子はなし。

「んー、過去の自分にかけてみますか」

私はバッグを漁《あさ》り、白い小さな電池式の盗聴器を取り出した。

「ふふ、さすがは私です」

私はスイッチがオンになっていた盗聴器の電源を切った。

◇

犀川翠果《さいかわすいか》に言われた通り、俺は特殊狩猟者の試験を受けに向かっている。

今日受けられるかはわからないが、とりあえず行くことにした。ちなみに、彼女の名前は連絡先に書いてあった。

「しかし、歩いてるだけで懐かしいな」

本当に懐かしい、この地球そのものが。どうやら東京《とうきょう》らしいここら辺は人通りも異常に多いが、それも今は悪くない気分だ。向こうの世界じゃこれだけの一般市民が街に溢れてるなんてことありえなかったしな。

「やっぱり、あって当たり前のものがなくなるのが一番クるもんだな」

まぁ、その中でも地球を失ったのは俺くらいだろうが。

「……異界接触現象」

時空の揺れによって接触した異界。それは俺がよく知るあの異世界だったのか。

もしそうなら、俺が異世界に召喚されたことで時空の揺れに影響を及ぼした可能性は低くないだろう。

「もし、そうなら……」

もし、その仮定が正しければ俺がこの世界に帰ってきた際にも何かしらの悪影響が出ていてもおかしくない。

「考えても幸せになる話じゃないな」

全てから解放されて帰ってきたのに、ここでも責任に追われるなんて冗談じゃない。この話は、忘れよう。

「……独り言、多くなったな」

少し、気を付けよう。街中でぶつぶつ言いながら歩いてる奴なんて不審者以外の何者でもない。

「ん、なんだ……？」

妙な、気配がする。

「人じゃないな。明らかに」

覚えのある気配、嗅ぎ慣れた気配。

「……まぁ、そうだよな」

道路を挟んで向かい側のビルから、青い体毛を持った二足歩行する背の低い犬……コボルトが大量に溢れ出してきた。

「魔物がいるって話は聞いてたが、街中で出るってのは話と違うな」

ここ、多分東京だよな？　日本一の都会で魔物が出るってのはさすがにどうなんだ。

「に、逃げろぉおおおッ!!」

「ハンターッ、ハンターはいないのッ!?」

「だ、誰か……魔術士の人……」

阿鼻叫喚《あびきょうかん》だな。

コボルト共は日光に怯《ひる》んで今は動きを止めているが、もう少しで動き出しそうだ。しかし、コボルトが日光に弱いって話は聞いたことがないが、もしかすると日の当たらない場所でずっと待機させられていたのか？

「ハンターってのは特殊狩猟者のことなのか？　まぁ、なんにしろ誰か来るだろうな」

これだけの人数がいる都会だ。俺が助けずとも、すぐに特殊狩猟者の免許を持つ者や魔術を扱える者が来るだろう。

「一般市民は下がれッ。今助けるぞッ！」

ほらな。相手はコボルト。それも明らかに野生のものじゃない。ある程度の実力がある奴なら簡単に相手できるだろう。

「ハァッ！　ぜぇぃッ！」

俺と同じくらいの歳の男は、腰の剣を抜き、振り回す。

使っているのは魔力による身体強化か。活性化程度だな。魔術に精通しているわけではなさそうだ。それに、気も使っていないな。活性化だけで戦う剣士ということになるが……技術があるわけでもないな。

　こいつ、大丈夫か？

「とはいえ、あのコボルトたちには十分か」

　俺がいた世界の野生のコボルトならもう殺されてるな。あの数を相手に、あの技量しかない剣士があの斬り込み方をするのは本当なら自殺行為だ。

「まぁ、逆に考えれば……」

　この技量なのにあの群れに立ち向かうのは命懸けの行動だ。その部分は評価すべきだろう。

「加勢しますッ！　『氷槍《アイスランス》』」

　細い氷の槍《やり》が放たれ、一匹のコボルトの頭を貫通し、そのまま奥の一匹の腹部を貫いた。それをなしたのは制服を着た女だ。

「狙いは正確だな。それ以外は微妙だが、これならなんとかなるだろ」

　女に続き、また別の応援も駆けつける。

　もう大丈夫そうだな。

　俺は数十匹のコボルトの群れが葬られていく光景を見てその場を後にすることにした。

「……まずいな」

　が、途中で俺の視界にその光景が映った。コボルトが明らかに一般人らしき男性に跨《また》がり、その鋭い爪が生えた拳を振り上げている光景が。

「まぁ、これくらいならいいか」

俺がそのコボルトに視線を向けて魔術を発動すると、コボルトの体が崩れ落ちた。光もない、魔力の動きも最小限に抑え、隠蔽した。ここまでやる意味があるかは知らんが、やらない理由も面倒くさい以上のものはない。

「――ねぇ、君って何者？」

声がして、振り向くとそこには白い長髪の少女がいた。透き通るような白い肌に浮かぶ美しい青の目が俺を捉えている。歳は高校生くらいだろう。

「俺か？」

「もちろん、君のことだよ？」

魔術に気づかれたか。

「何者って聞かれてもな、別に何者でもないとしか答えられないな」

勇者の役目はもう果たし終えたからな。今の俺は何者でもない。

「うーん、何者でもない人に使える魔術には見えなかったけど」

「そうか。勘違いって奴だな」

俺の目をのぞき込んでくる少女。なんとなく嫌な感じがして俺は目をそらした。

「勘違いじゃない！　だって、こんな完璧で綺麗な魔術が普通の人に使えるわけないよ！」

「そこまでわかるアンタも普通じゃなさそうだな」

俺は少女の目を睨《にら》み付けた。よく観察すると、青い綺麗な瞳に複雑な模様がうっすらと刻まれている。

「……魔眼か？」

「あっ、嫌な言い方っ！　人の目にそんな言い方、失礼でしょ！」

否定はしない、か。しかし、この魔眼は初めて見るな……複雑で、俺でも効果がわからない。いや、この感じは効果が一つじゃないのか？　ありえなくはないな。一つの目に複数の魔眼の力がある奴なんて見たこともないが。

「あぁ、もしかしてそれのおかげで見えたのか？」

「当たり！　私の目、魔力がよく見えるの。それで、びっくりしちゃった。一ミリも無駄がない魔術。しかも、君の体から魔力が全然感じられないんだよ⁉　こんなこと、普通じゃ絶対ありえないよねっ！」

意外とよく喋《しゃべ》るな。静かにしてればモデルでもやれそうだが。

「まぁ、なんにしてもアンタには関係ないだろ。それじゃあな」

「んー ん、関係あるよ」

俺は踵《きびす》を返した足を止めた。

「……何がだ？」

振り返り、少女の目を見る。

「君、ちゃんと許可取ってるの？」

「あぁ、取ってる」

なんの話かわからんが、とりあえず頷いて踵を返そうとした。

が、肩を掴《つか》んで止められる。

「嘘《うそ》吐きっ！　私、嘘吐いたらわかるんだよ？」

「……眼《め》、か」

魔眼という呼び名は不評らしいので、ただ眼と呼んでおいた。

「で、なんの許可だ？」

「魔術のことだよ！　魔術使っちゃダメ！　私みたいにちゃんと許可がある人じゃないと、街中で勝手に魔術を使っちゃダメなんだよ？　知ってるでしょ！」

俺は首を振った。実際、今聞くまで知らなかったしな。

「むぅ。嘘吐いたってダメ！　勝手にそういうことしたら、私みたいなのに捕まえられちゃうんだよ？」

「嘘じゃないぞ？　本当に知らない」

今、嘘かどうかを感知できなかったな。

どうやら、こいつの魔眼は言葉の嘘以外は見抜けないらしい。頷くだけじゃ、効果の対象外ということだ。

「えぇ……なんで嘘じゃないの？　どんな生活してたらこんなことも知らないで生きてけるのか、私信じられないよ」

「いろいろあるんだよ。事情が」

「えっと、それについて話す気は？」

俺は首を横に振った。

「だよねぇ……でも、知らなくてもダメだからね。魔術を街中で使うには許可が要るんだから。勝手に使ったら犯罪だよ？」

「つまり、俺は捕まるって話か？」

少女は小さく頷いた。少し、ヤバいな。この女、普通じゃない。勘以外の理由はないが、最近じゃ俺の勘は外れたことがない。

「でも、もうやらないって言うならここで許してあげるよ？　使ったのも、人助けのためみたいだったし」

「ん、それだけでいいのか？」

俺が聞くと、少女はにっこりと笑って頷いた。

「ちゃんと、私の目を見て約束してね？」

「あぁ。もうやら……いや」

俺は言い切るのをやめて、少女の目に意識を集中させた。

「……魔眼」

「あぁっ、また嫌な言い方っ！」

頬を膨らませる少女。だが、この感じ間違いない。ここで約束すれば俺は強制的に契約を結ばされる。

しかし、ありえないな。二つまでなら魔眼の能力があるのもわかる。目は二つあるから、一つずつに力を持つパターンも珍しくない。だが、二つの目で三つの能力……これは、ありえない。目の中で回路が混線するからだ。どんな奇跡が起きれば三つの能力が互いを邪魔することなく存在できるのか。

「悪いが、誓うわけにはいかないな。ここで結んだ誓約がどう作用するかわからない。ここで街中で魔術を使わないと誓うことで自分や友人が大怪我を負ったり、命を失うことになれば後悔のしようもないだろう？」

「……むー、そう言われたら確かに私だって強くは言えませんっ！　でも、悪いことしちゃダメだよ？」

俺は視線を合わせずに頷いた。

「もうっ！」

「でも、目を合わせると誓いになるだろ？」

「んーん、喋らないか目を合わせないか、どっちかだけでいいの」

なるほどな。

本当のことを喋っているかはわからないが、覚えてはおこう。

「そうか。それなら悪かったな」

「おぉ、素直！　いつもそうじゃないと友達減っちゃうよ？」

余計なお世話だ。

「まぁ、今後は気を付けるかもな」

「あ、信用してないっ！」

俺は後ろを向き、明言はしないままそこを去った。

◇

行っちゃった。

だけど、びっくりしちゃったな。あんなに綺麗で完璧な魔術なんて初めて見たし、それに……記憶を消す魔術、おっかないなぁ。だけど、私に使わなかったってことは軽い気持ちで使ってるわけじゃないってことだよね！

『それでは、お疲れさまでした。この先、私だけは貴方の苦労と旅路、その上の偉業を忘れることはありません……良い人生を』

ギリギリ見えた一番奥がこれだったんだけど、どういう意味なんだろう……私、頭がちょっとしか良くないからなぁ。わかんないや。

「異界接触現象を知らない人なんて、変だよね……」

しかも、女神がどうとかって言ってたし、すっごくおかしな人。

「よし、今度会ったらもっと奥まで見ちゃおうね！」

ふふふ、楽しみですな〜！

「何が楽しみなんですか。白雪《しらゆき》特別巡査」

あれ、声に出ちゃってた。

「む、章野《しょうの》君。なんだね」

振り向いた先には章野君がいた。

彼は普通の巡査だけど、私は特別巡査なんです。ふふふ。

「……毎回言ってますけど、別に特別巡査は巡査より上の階級とかじゃないですからね」

呆れたように言う章野君は、まだ十四ほどいるコボルトの群れに向かっていく。

「ひとまず、コボルトを全滅させますよ。白雪特別巡査」

「章野君って、いちいちその呼び方で疲れないの？」

言いながら、私は手をコボルトの群れに向ける。

「ギ、ギャウ――――」

「ギャィ――――」

「キャウン――――」

一瞬でコボルト全員が凍りつき、氷像になった。

「ワンちゃんを凍らせるのって、ちょっと罪悪感」

「……僕、要らないじゃないですか」

先に走り出していた章野君はやるせなさそうな顔で振り向いて言った。

「ふふふ、これが特別巡査の実力です！」

さてさて、魔物はいったん片付いたけど、これで終わりじゃないよ私は。

「じゃあ、調査しよっか、このビルの中」

「……許可、下りてないですよね」

「あるよっ！　行こうっ！」

「いや、嘘ですよねそれ」

あれ、バレるの早いね。

「でも、許可なんて取ってたらその間にもっと被害が出ちゃうかもよ？」

「……それは、そうですけど」

章野君は静かに無骨なビルを見据えた。

「……行きましょう。ただ、安全第一で」

おぉ、さすがの正義感！

「安心して！　私、めっちゃ強いからねっ！」

「それは知ってますよ」

それじゃ、行っちゃおう！　私は薄暗いビルの中に踏み込んだ。

◇

ここだ。たどり着いた場所はかなり大きな白い建物。

「……広いな」

自動ドアを通って入ると、広い空間が俺を出迎えた。とりあえず、俺は受付に行って試験を受けられるか聞いてみることにした。

「すみません、特殊狩猟者の試験を受けに来ました」

「料金を一万円いただきますが、問題ないでしょうか」

俺は頷き、翠果からもらった一万円を受付の女に差し出した。

「それでは、三十分にそちらの部屋で筆記試験が始まります。筆記用具をお持ちでなければ貸し出しもできますが」

かばんの一つも持っていない俺に筆記用具があるとは思えなかったのか、受付はそう尋ねた。実際ないので頷き、もらっておいた。

「では、三十分までそちらでお待ちください」

受付の女が示した先には机と椅子がいくつか並び、何人かが座って本や紙と向き合っている。そして、その近くに本棚があった。教材らしき物があるかもしれない。

「ありがとうございます」

俺は短くそう告げて本棚に向かった。筆記試験でカンニングなんていくらでもできるが、あらかじめ内容を頭に入れておく方が健全だろう。

「……これか」

本棚を少し漁ると、すぐに教材が見つかった。俺はその本を開き、魔術を行使することで内容を頭に直接刻んでいく。

「……ふぅ、少し疲れたな」

魔術によって直接脳に記憶するやり方は少し疲れがたまる。まぁ、脳みそに負担をかけているのだから当たり前ではあるが。

「今回は大丈夫だよな？」

周りをチラリと見回すが、俺の魔術に気づいている奴はいない。魔力を直接観測できるあの女がおかしかっただけだ。

そもそも、なんで現代日本に魔眼持ちがいるんだよ。意味がわからない。

「三十分であと僅かか」

そういえば、筆記はもちろんだが実技試験もあるんだったよな。まぁ、実力面での心配はないか。自分で言うのもなんだけどな。

「金を手に入れたら……まずはスマホだな」

この現代日本で生きるには結局スマホが必須だ。

「次に、住居……は別になくても問題ないな」

問題ないが、さすがに家なしのままで暮らすのは現代を生きる文明人として許容できない。

いつかは家も見つけよう。身分の問題をどうするかっていう根本の問題もあるが。

「まぁ、本でも読んで時間を潰《つぶ》すか」

三十年経ってるんだ。面白い話もあるかもしれない。

あれから数分後、筆記試験が始まり、俺は特に遠慮することもなく全ての回答欄に正解の答えを埋めて終えた。別に全国模試でもないので、自重する必要はなかった。

「皆様、これから行われる実技試験では特殊狩猟者として魔物を討伐することが可能な実力があるかどうかを審査します。こちらでは武器の使用はもちろん、魔術やその他特殊な技能の使用も許可されます」

広い体育館のような空間には五十人ほどの受験者が並んでいた。他にも十数人、スーツを着た大人が立っている。そのうちの何人かは紙の載ったボードにペンを持っているので、俺たちの実技を記録、もしくは審査する役割を持っているのだろう。

「最初の試験として、実戦形式に近い内容としてゴーレム獣型、ゴーレム人型、最後に試験官との模擬戦闘を行っていただきます。当然、殺傷や致命傷に至ることがあれば賠償責任が生じる場合がありますが、軽傷の範囲であれば問題はありません。が、ゴーレムとの戦闘における負傷は完全な自己責任となりますので、無理はせずに危険を感じたらすぐに降参してください。試験官との模擬戦闘に関しては自身の技能に関するアピールが可能な場合もありますので、事前の申し出がありましたら戦闘開始前に試験官にお伝えください。また、こちらの試験によって特別好成績を示した方は筆記試験で及第点を逃した場合であっても特別指導を行うことで特殊狩猟者の免許を得られることがあります。さらに、同じようにこの後の聴力検査や視力検査において基準を下回っていた場合でも特別に合格を認められる可能性があります」

なるほどな。

どんだけバカで筆記試験が終わっていても実技試験で実力を見せればその後に特別指導を行うことで合格にするって話か。その後に筆記試験を再度行うとは言わないってことは特別指導を受けた時点で合格決定なんだろう。

そんな試験自体を否定するような制度があるなんて、よっぽど人材が枯渇しているのか？

「それでは、受験番号一番」

番号を呼ばれた男が線で区切られたフィールドに入ると、そのフィールドが僅かに上昇する。さらに、フィールドの中心に穴が開き、いくつかの武器が浮き上がってくる。

魔術による仕掛けのようだが、この仕掛けは本当に要るのか？

「持ち込みの武器がない場合は気に入った武器を一つ手に取り、合図があるまでそちらの白い円の内側で待機してください。ただし、特注の高過ぎる持ち込み武器を使用される場合、採点に影響がある場合があります」

まぁ、魔剣や聖剣を振り回してもしょうがないしな。

「戦闘が始まるとゴーレムの破壊か降参、どちらかがなければ結界が開くことはありません。結界が展開されている間は中から外に出ることはできません」

受験番号一番、推定三十代前半くらいの男は緊張の表情を浮かべながらも頷いた。武器はスタンダードな剣を取ったようだった。

か。

もうすぐ始まるのだろう。男の表情には、僅かに怯《おび》えが見える。今ごろ、後悔しているのだろう

「……はい」

男が頷く。すると、フィールドの端から白いドーム型の結界が展開された。


「それでは、準備はよろしいですか？」


自ら命を懸けて金を稼ぐ最低な職業に足を踏み入れたことに。

『カウントを始めます。戦闘開始まで十、九、八……』

結界の内側から声がする。機械によって再生されている声だ。いきなりファンタジーから現代に引き戻された感じがする。

『三、二、一、戦闘開始』

冷たいシステム音声が告げると同時に、男のいる白い円の向かいにある円に穴が開き、そこから大型犬のような姿をしたゴーレムが現れた。

「う、うぉおおおおおおおおおおッッ!!」

自分を鼓舞しているのか、叫びながら剣を振り上げて走る男。

「ハァッ!!」

振り下ろされる剣。しかし、土気色《つちけいろ》の石で作られた犬のゴーレムは身軽な動きでそれを回避した。

「見え見えの弱点だな、あまりにも」

石で作られた獣。そう言えばすごく強そうに聞こえるが、弱点はある。獣の牙も爪もなければ、

動きも本物ほどではない。それに、信じられないほどわかりやすく核が胸に埋め込んであるのだ。

このコアを破壊するためにどんなやり方を見せるか、それがこの試験で重要なところなのかもしれない。

「うわッ!?　ひ、ひぃッ!?　くッ、や、やめろッ!!」

飛びかかる犬ゴーレム。ここがチャンスだ。地面に向いていた胸が思い切り露出する瞬間。ここでコアを破壊するのが一番楽だ。が、ダメそうだな。

「うぉおッ!?　こ、降参ッ！　早く止めてくれッ!!」

降参、その言葉が出た瞬間に犬ゴーレムは動きを停止した。

「降参となりましたが、この後の試験はどうされますか？」

「む、無理だ……俺は、俺には、無理だ……」

男は怯え切ったような表情で試験場から歩き去っていった。

彼にも何かの事情があったのだろうが、あのゴーレムを倒せないならこの仕事から退《しりぞ》いて正解だな。きっと、彼には荒事は向いてない。傷付けるのも、傷付けられるのも恐れている。

「それでは、受験番号二番」

こんなことも珍しくないのか、平然と試験を進める女。受験者たちは多少ざわついているが、それでも逃げ出す者はいない。

「はい」

さっきの惨状を見ても怯え一つ見せずに前に出たのは、十八くらいの少年だった。

黒髪で顔が少しだけいい他にはなんの特徴もないが、妙だな。明らかに格が高過ぎる。魔力量でも、筋肉量でもない。異常なまでに魔素を取り込んでいる。

さっきの男と同じスタンダードな剣を手に取った少年は円の中に立っていた。

『三、二、一、戦闘開始』

犬ゴーレムが現れ、構えもせずに立ったままの少年に襲いかかる。

「遅い」

少年はそう口にすると同時に犬ゴーレムを真っ二つに斬り裂いた。

身体強化すら使っていないし、石の塊を斬り裂けるほどの筋肉があるとは思えない。大量の魔素による力だ。

「次、お願いできます?」

少年は平然とそう言った。

が、試験場の空気は凍りついている。

もしかしたらあのくらい普通なのかもしれないと勘違いしかけたが、そんなことはなかったらしい。

「はい。それでは、ゴーレム人型の試験を開始します。準備はよろしいですか?」

特に動揺する様子もなく答えた女を合図に動き出した時間。

犬ゴーレムがすぐに片される。

「はい。俺はいつでもいいですよ」

　すると、また結界が閉まり、カウントが開始される。

『三、二、一、戦闘開始』

　向かいの円から現れた人型のゴーレム。素材はさっきの犬と同じに見えるが、さっきとは違いすぐに襲いかかってはこない。

「……こっちはカウンター型って感じか」

　さっきの犬は向こうから攻めてきてくれたが、この人型はこっちから攻める必要があるらしい。

「あぁ、こっちから行かなきゃダメなんだ。面倒くさいな」

　少年は一瞬で人型の前まで踏み込み、その剣で首を刎《は》ねた。

「な、なんだ今の……」

「俺、全然見えなかったぞ……」

「ど、どうやってるんだ？　魔術か？」

　さっきと比べても明らかに動きが人間のものではなかったからか、受験者たちはざわついている。

「じゃ、次お願いします」

　少年は毅然《きぜん》とした態度を貫いたまま、進行役の女に視線を向けてそう言った。

「……はい。では、次は試験官との模擬戦闘になります。先に伝えておくべきことがあれば、今伝えておいてください」

　女は僅かに言葉に詰まっていたようだったが、それでも冷静に試験を進行した。試験官らしき男がフィールドに上がってくる。

「伝えるべきことですか。じゃあ、そうですね……死なないように気を付けてください」

結構言うな、こいつ。

試験官も眉をひそめている。

「それでは、準備はよろしいですか？」

試験官は持っている二つの木剣のうち、片方を少年に渡した。模擬戦闘だから殺傷力の低い武器にするのだろう。

「はい、いつでも」

少年は気負う様子もなくそう答え、試験官は無言で剣を構えた。それからすぐにカウントが始まる。

『三、二、一、戦闘開始』

開始の合図が鳴ったが、どちらも斬りかからない。

試験官は剣を正眼に構えたままジリジリと距離を詰め、剣を構えてすらいない少年はそれを詰まらなそうに見ている。

「……舐《な》めるなよッ！」

「残念ですけど」

振り下ろされた試験官の剣は空を切る。

同時に、少年は試験官の背後に立っている。

しかし、あそこまでの速度を出せるならそのまま勝てたと思うが。

「俺、多分最強なんで」

少年の言葉と同時に、その体から黒い闇のオーラが溢れる。あそこまで純粋な闇の魔力を出せる者はなかなかいないだろう。

俺は少し感心しかけたが、多分技術があってやっていることではなさそうだ。

「ッ、闇の魔力……ッ!?」

「よく気づきましたね、俺の魔力に」

この魔素、かなり高い階位まで行っているのだろうが、これで最強を名乗るのは歳相応な感じで微笑《ほほえ》ましいな。

この闇の魔力も合わせれば向こうの世界でもそこそこ強い方に入るだろうが、それでもそこそこ程度だ。

「……いや、こっちだと本当に最強なのか？」

なんか、そんな気がしてきた。

しかし、どうやってあの歳であれだけの魔素を得たんだ？

戦闘技術が特別高いようには見えないので、順当に魔物をたくさん倒して強くなったわけではないと思うが。

「とはいえ、どうだろうな」

こっちの世界も意外と強者が多そうに思える。

犀川翠果に魔眼の少女。

取るに足らない一般人ばかりと割り切るのは難しいところだ。

それに、いくらこの少年でも魔法使い三人くらいに囲まれたら普通に負けそうだ。

「降参するなら今ですよ……俺、殺しちゃうかもしれないんで」

……歳相応だな、本当に。

「……舐めるなッ！」

斬りかかる試験官だが、少年から溢れる闇の魔力が試験官の体を覆い……バタリと試験官は倒れた。

「ふぅ、これで終わりですか？」

「試験官の生存確認をお願いします」

女は少年を無視し、手早く指示を出した。すぐに生存が確認され、気絶したままの試験官が運ばれていく。

「戦闘試験は終わりましたので、フィールドから退場してください。また、今回の試験により猪山《いのやま》試験官に後遺症などが見られた場合は賠償責任が生じますのでご了承ください」

「……」

少年は数秒その場で止まっていたが、結局無言でフィールドから降りた。その後、少年は他の試験官によって聴力の試験に連れていかれた。

「それでは、受験番号三番」

進行役の女は何もなかったかのように試験を進行する。こいつもなかなかのメンタルだな。

それからしばらくして、俺の番が来た。

「それでは、準備はよろしいですか？」

「はい」

フィールドの端から結界が閉まり、カウントが始まる。

『……三、二、一、戦闘開始』

現れた犬ゴーレム。俺はそれが飛びかかってくると同時に剣でコアを破壊した。別にコアなんて狙う必要もないが、冷静に最適な対処ができるというアピールだ。万が一でも試験に落ちたら面倒くさい。

「次はゴーレム人型となりますが、準備はよろしいですか？」

「はい」

また、十秒のカウントが始まり、すぐに人型のゴーレムが現れた。

それと同時に俺は魔術を発動する。炎の槍が真っすぐに飛び、ゴーレムの胸に埋まったコアを破壊した。

こっちから動かない限り仕掛けてこないなら、何かされる前に魔術で終わらせればいい。

それと、魔術も使えますよっていうアピールだ。

「なッ!?」

「お、おい、詠唱もなしでだとッ!?」

「補助杖《ほじょづえ》も何も持ってないのに、どうやって……」

この反応、良くないな。しかし、詠唱もなしでってどういうことだ？

このレベルの自分の魔術なら詠唱なんて要るわけがないはずだが。

まさかとは思うが、教本魔術しか使えないわけじゃないよな？

「受験番号四十八番、補助具などは持ち込んでいますか？　もちろん、持ち込んでいても問題はありません」

「……この服が補助具と言えば補助具だな」

俺が着ている黒い服は魔術の阻害を阻害する効果がある。この服も補助具と言えば補助具かもしれない。

「……了解致しました。それでは、次は試験官との模擬戦闘になります」

曖昧な俺の言い方に引っかかるところがあったようだが、それでも女は進行を優先した。さすがだ。

「それでは、準備はよろしいですか？」

試験官の男から木剣を受け取ったところで女が問いかける。俺は黙って頷いた。

『カウントを始めます。戦闘開始まで……』

始まるカウント。

俺は目の前の男を観察した。

顔にいくつもの傷が入っている。三十そこらの男だが、かなり筋肉がある。剣もかなり持ち慣れているように見えるが、恐らく普段使っている物とはサイズが違うのだろう。構えに僅かな違和感がある。

　とはいえ、それでも一般人と比べれば雲泥の差がある強者だろう。この試験で俺は剣の技術面を見せるつもりだったが、その目標は問題なく達成できそうだ。

『……二、一、戦闘開始』

　始まると同時に、俺は構えたまま少しずつ試験官との距離を詰める。相手も同じように距離を詰めている。そして、お互いの間合いに入った。

　瞬間、お互いの剣が触れ合う。

「ほぉ、魔術を使わないのかと思ったが、剣も使い手だな」

「ありがとうございます」

　話しかけてくるとは思わなかったが、礼儀面での採点があったら面倒なので一応答えておいた。

「敬語は要らん。それと、安心していいぞ。お前はどうせ合格だ」

「そうなのか？」

　試験官の男は頷いた。振り下ろされる剣を剣で弾《はじ》く。

「それと、お前の剣技……俺より上だな。それも、格段に」

「……剣には、自信がある」

　俺は、ただそれだけ答えておいた。

　剣の技術は他の採点者にも伝わっただろう。そろそろ終わらせたいが、話しかけられていてはやりづらい。

「もうわかったぞ。本当は俺に勝つのも簡単なんだろ？　せっかくだから見せてくれ。それだけの剣技だ。あるんだろ？　奥義とか」

「人を殺さない奥義はないな」

俺はハッと息を吐き、後ろに一歩引いた。

「だが、それっぽいものなら見せてやれる」

あけすけに物を語る目の前の男が俺は嫌いじゃなかった。それに、さっきの少年もいたし少しくらいならいいかと判断した。

「はッ、いいな。強者の技を見るのはいつだって興奮する。俺も、本気で行かせてもらうぞ。いいな？」

「あぁ」

男の体に魔力が巡る。身体強化だ。続けて気が巡る。これも身体強化だ。

珍しい。

気と魔力を競合させず同時に身体強化できるのはなかなかの技術だ。向こうではあまりいなかったな。

「『魔気流斬』」

「殺す気か？」

魔力と気を帯びた斬撃。俺は眉をひそめながらそれに剣を沿わせるようにした。

「奥義……名前は、いいいか」

そっと触れた剣は試験官の剣に沿ったまますするりと進み、手首を、腕を、首を、足を、あらゆる節を打った。たったの一瞬で。

「ぐ、ぉ……ッ」

膝を突き、倒れる試験官。人体のあらゆる節を打たれた彼は体を動かすことすらできないだろう。だが、あくまでこの状態は麻痺《まひ》のようなものだ。体全体が痺《しび》れているだけで、傷一つない。

「一応言っておくが、後遺症はない。だから俺に賠償責任はない。それと、今の俺に金はないから請求しても無駄だ」

「……はい」

進行役の女は微妙そうな顔をして頷いた。俺には本当に金がない。あらぬ疑いをかけられても困るからな。

「それでは、基本適性試験の方にどうぞ」

俺は案内されるまま、次の試験に向かった。

聴力検査や視力検査、体力測定なんかをかなり手加減して終えた後、しばらく建物内で待って合格通知を受け取った俺は建物を出た。免許は明日もらえるらしい。住所を伝えれば配達もしてくれるらしいが、家はないので断った。

「……なんの用だ？」

振り返ると、さっきの少年がいた。

異常なまでの魔素を保有し、純粋な闇の魔力を扱える妙な人物。それが、建物を出たところで待っていた。

「試験官との模擬戦闘、最後の貴方の動きは俺に迫るくらいの速さでした」

そうか。

「気のせいだな。お前の方が速い」

俺は言い切り、横を通り抜けようとしたが、阻まれる。

「ビビってるんですか？」

「あぁ、よくわかったな」

俺はまた横を通り抜けようとするが、阻まれる。

「……逃げないでください。俺は、貴方の正体が気になってます」

知らねえよ。いや、本当に知るか。

「だから、なんだ？　俺は早く帰りたいんだが」

帰る家はないんだがな。

「貴方の正体を教えてくれれば……俺の正体も教えますよ」

興味ねえよ。

「興味ねえよ」

「……いいでしょう。まず、俺の力の正体を話しましょう。それで、俺のことを信用してくれたら貴方のことも教えてください」

こいつ、無敵か？

「俺の名前は黒岬通也《くろさきつうや》。二年前、俺が高校一年生の時……俺は異界化に巻き込まれ、発生したダンジョンにのみ込まれました」

「異界化、そういうのもあるのか」

名前から察するに、異界接触現象により一部の空間が異界そのものと化してしまうのだろう。

多分、そんな感じだ。

「当時の俺はそこがダンジョンであるということすらわからないままその暗い闇の底のような場所をずっとさまよいました。時間の感覚もわからなくて、数日だったような、数カ月だったような、不安定な日々を過ごしました。異界化の影響か、餓死したりすることはなかったですけど、一筋の光もない空間。出口なんてどこにもなく、頭がおかしくなるかと思いました。でも、希望はありました。ただひたすらに歩き続けていたおかげで……ダンジョンコアを見つけたんです」

なるほど、コアの発生場所にいたから一瞬でコアを発見できたのか。

異界化に巻き込まれたのは不運だが、それはラッキーだな。

「そして、その場所に出口があるとは思えなかった俺は……迷わず、そのコアを破壊しました」

「マジか」

思わず声が出た。

しかし、それで納得がいった。

「それで、お前はくじを当てたってわけか」

「……ええ。俺は死にませんでした。そして、コアの魔素全てを吸収し、そのダンジョンの性質であった闇の異能を得ました」

　ダンジョンコアは破壊すると、高確率で死ぬ。

　一般人が破壊なんてしたらもうほぼ確実に死ぬ。

　なぜなら、コアに蓄えられた魔素は生物のそれとは違って尋常ではない量で、しかもコアは破壊されると破壊しようとした者の肉体を新たなコアに変化させようと肉体に干渉してくる。

　結果、ほとんどの場合は吸収し切れずに死ぬ。そして、コアはその死体を利用して新たにコアを形成するのだ。

　だが、死なない場合もある。

　膨大な魔素を受け入れられる器のある者か、コアと波長が合い、コアの魔素に肉体が適応した者。どちらもまれだが、実例は確かにある。

「だが、闇の異能を得たというのはわからない」

「何がです？」

　コアの魔素を取り込むというのはわかるが、ダンジョンの性質であった闇の異能が謎だ。コアに波長はあっても性質というのはないはずだ。

「何がわからないのかわからないですけど、コアにはその場所の異界の性質が反映されることが多いです。例えば光の性質を持つ異界なら、そこにあるダンジョンも光の性質を持つとか」

なるほど、異界接触現象によって生み出されたダンジョンだからそういう事象が発生してるのか。

「なので、俺は闇の異能を手にすることができました」

「闇の異能か。異能者というのは魔法使い……つまり、空気中の魔力を自在に操れる者のことじゃないのか？」

「いや、ええと、まぁそれも異能者ですけど。三割くらいの異能者はそういう力を持ちますけど、残りは違いますよ」

魔法使いでない異能者がいるってことか？

「例えば、俺みたいに無尽蔵に闇の魔力を生み出し操れる異能や、自由に瞬間移動できる異能、体を刃《やいば》にできる異能とか、そういうのです」

「それは、魔力が介在しない異能も存在するってことか？」

「え？　はい。術理のない超自然的な力は全て異能ですから。超能力とか」

なるほどな。

確かに、魔法使いは術理もクソもない意味不明な奴らだ。

言ってしまえば、空気中の魔力を直接操れる異能ということになるのだろう。それで、一くくりに異能者とされているわけだな。

「だが、魔力の介在しない異能か……」

つまり、固有魔術とはまた違うわけだ。魔術にはその本人しか使えない固有魔術というものが存在する。

魔術士というのは基本的に全ての魔術を自分用に最適化して使うものだが、固有魔術はどれだけ工夫しようともその本人にしか使えないもので、それを持っているかどうかで魔術士としての格が変わる。

「しかし、妙だな」

俺が異世界に召喚されたのが原因だとすれば俺の世界と混ざっているものだと思っていたが、異能なんてものは俺の世界になかった。

つまり、この世界は俺のいた世界ともまた違う別の世界とも混ざっていることになる。そもそも、俺のいた世界と混ざっているかすらわからなくなってきた。

「というわけで、それが俺の力の理由です。茨城《いばらき》で発生したあの異界はかなり大きな規模です。あのダンジョンもかなりの規模だったと思います。だから、俺の力は……少なくとも、この日本では最強でしょうね」

考え込む俺を無視して、通也は話を締めた。

「そうか。良かったな」

話は終わったらしいので去ろうとするが、肩を掴まれる。

「今度はそっちの番ですよ。まさか、俺にだけ話させて自分は……ってことはないですよね？」

めちゃくちゃ圧をかけてくるが、知らん。

「そのまさかだ。俺は帰るぞ」

何度も帰るとか言わせないでほしい。悲しくなるからな。

「……じゃあ、話さなくてもいいですけど。代わりにいいですかね？」

「……なんだ」

まだ聞いていないが、絶対に俺は断るんだろうという予感がする。

「さっきの建物、自由に使える模擬戦闘用の部屋があるらしいんですよ。なんで……そこで、俺と戦ってください」

「絶対に嫌だ」

むしろ、なんで断られないと思ったんだこいつ。

「……嫌、ですか」

少年は僅かに俯《うつむ》き、手を真っすぐ横に突き出した。

「だったら」

突き出された手の先から、闇がジワリと広がる。まるでこの世界に一滴だけ墨が落ちたように、空間に闇が広がっていく。

「ここで、俺と戦ってもらいます」

ぬらり、広がる闇にのまれていた手を引き戻すと、その手には漆黒の刀が握られていた。刀身から柄《つか》まで全てが真っ黒だった。

「……正気か？」

「当たり前だ。言っとくけど、逃がしはしない」

どさくさに紛れてため口になりやがったこいつ。

「そうか。悪いが……」

　こいつに俺の力を見せることすら憚《はばか》られるが、さっさと転移で逃げるのがいいな。街中での戦闘はさすがに避けたい。

「じゃあな」

「ッ、待てッ!!」

　一瞬で俺の目の前まで迫る通也。振り下ろされる漆黒の刀、それは俺の体に触れる寸前で自動発動した魔術に弾かれた。

「なッ!?」

　刀が宙を舞うと同時に、俺は視界の端に映るビルの屋上に転移した。

3　異界探検協会

翌日、免許を受け取った俺は異界探検協会へと向かった。異界に入るには許可証が必要だからだ。それにも金が必要だったが、三千円だったのでギリギリ足りた。

「しかし、壮観だな」

特殊狩猟者免許を見せ、いろいろと面倒なことを書き終え、ようやく異界探検協会の登録証を得た俺はそこを出てからすぐの景色を見た。

「たくさん、死んだ……か。思ったよりも死んでそうだな」

ここは千葉《ちば》の下側、館山《たてやま》市と南房総《みなみぼうそう》市の間くらいの場所だが、人の支配圏だったことが信じられないほどの有様になっている。

「これが、異界か」

旧白浜《きゅうしらはま》異界、そう呼ばれているこの場所は、遠目から見てもわかるほど旺盛な自然が溢れていた。

「まるで密林だな」

熱帯雨林のごとき有様だが、蒸すような暑さは伝わってこない。ここから数キロ離れているというのにすぐそこにあるかのような存在感。まさに現代に現れた異物だ。

「しかし、まだか」

俺がここで突っ立っているのは、新人向けの現地での講習に一応参加しておくことにしたからだ。

戦闘面での不安はないが、異界内でのルールやマナー、暗黙の了解なんかは知っておきたい。正体に気づかれ、魔術に気づかれ、力に気づかれ、もう既に三回もトラブルが起きているのでこれ以上はさすがに起きないようにしたい。

「あ、すみません。お持たせいたしました。老日さんですよね？」

「老日です」

しっかりと革の装備を着込んでいる若い男。その背後には数人の男女がいる。どうやら、どこかで合流してから来たらしい。

「それでは全員揃《そろ》いましたので、早速向かおうと思いますが……老日さん、武器の類《たぐ》いはお持ちでしょうか」

「あぁ、ある」

俺がそう言うと、男は特に突っ込まずに頷いた。しかし、そうか。俺は背嚢《はいのう》も武器も持っていない。武器に関しては服の内側に隠しているとかで言い訳がつくが、バッグがないのは少し不自然に映るだろうな。

「出発します。体調不良や何か異常があればすぐに伝えてくださいね。下手な遠慮は死に直結しますから」

俺は頷き、生い茂る密林を見た。

◇

二十分ほど歩き、俺たちは異界にたどり着いた。歩いてる間、皆はいろいろと話していたが、俺は一言も発することはなかった。話も振られなかった。

「さぁ、着きましたよ。ここが旧白浜異界です。広さは五十平方キロメートル以上で、多種多様な魔物が出現しますが、傾向としては自然生物型が多いですね」

自然生物型、それはコボルトやゴブリン、リーフウルフなどの生物として自然に存在している魔物を指す言葉だが、その分類は曖昧だ。

なぜ俺がこんなことを知っているかと言えば、例の試験場で教材を丸暗記したからに他ならない。

「入る前に全員自己紹介をしておきましょうか。自分は今回の講習で講師というか、引率役を務める青木《あおき》智《さとし》です。よろしくお願いします」

青木は先頭の男に目を向けた。

「どーも、砂取《さとり》正輝《まさき》。結構筋トレとかもしてるし、けんかもケッコー強い方。ヤバかったらオレに頼っちゃっていいからさ。よろしく」

金髪で、確かに多少筋肉がある男だ。歩いている間の話を聞いている限り大学生のようだった。

「小戸《おど》啓政《けいせい》です。俺は運動とか、ぇぇと、苦手ですけど……よろしく」

ぼさついた黒髪で、なぜか制服の男だ。さっきの男とは違い、高校生らしい。

「塩浦《しおうら》美咲《みさき》。よろしくね」

黒い長髪の女だ。こいつも高校生らしいが、あまり喋っていなかったので詳しくはわからない。

「乙浜天利《おとはまあまり》です！　美咲ちゃんと黄鋳《きい》ちゃんとは友達で、小戸君も同じ高校で、他のみんなとも無事に仲良く講習を終えられたらいいなって思ってます！　今日が楽しみで若干寝不足ですけど、頑張ります！」

ポニーテールで、やたら多弁な女だ。自分でも言っているがこいつも高校生だ。

「杖珠院《じょうじゅいん》黄鋳。私は誰とも仲良くするつもりないです」

「黄鋳ちゃん！　ダメだよ、嫌われちゃうよ？」

協調性の欠片《かけら》もないことを言っている短髪の女。反抗期だろう。

「野島賽《のじまさい》、元警察官だ。仕事柄、何度か魔物の相手をしたことはある」

三十代くらいの男。険しい表情の顔面にはいくつか傷が刻まれている。こいつは俺と同じで一度も喋っていなかった。

「老日……老日勇です。よろしくお願いします」

フルネームを言うのをためらったが、どうせ協会側の青木には知られている。隠してもしょうがないことだ。

「これで全員ですね。皆さん、準備はいいですね？」

異界に入る一歩手前で青木は止まり、問いかける。全員が肯定の意を示した。

全員が頷いたのを見て、青木は歩き始める。

「では、入ります。自分の前には絶対出ないように」

ちゅうちょなく異界に踏み込んだ青木。何度も入ったことがあるのだろう。俺たちも続いて入っていく。

「なんか、空気が違いますね！　これが異界、すごいです！」

楽しげに声を上げる乙浜。確かに空気が変わった。

「しッ！　ここはもう異界です。まだ浅い場所なので大丈夫ですが、大声を出して歩くと危険ですからね」

「あ、そうですよね！　すみません！　気を付けます！」

小声でもうるささを感じるのは最早才能だな。

「それと、皆さん。もう武器は構えておいてください。ここからは常に気を張るように」

そう言いながら、青木も槍を構えた。なんというか、向こうにはなかった現代っぽさを感じる槍だ。他に気になったのは杖珠院が持つ杖《つえ》だ。魔術士だろうか。ちなみに、俺も服の中から出したように見せかけて剣を虚空から取り出した。

「あー、青木サン。別にここって雑魚しか出ないんでしょ。そんなにビビんなくてもよくねぇ？」

「いえ、雑魚しか出ないことはありませんし、弱い魔物でも一般人にとっては脅威に違いありません」

青木の肩に手を乗せながら言う砂取。引率、大変そうだな。

「ッ、来ますよ」

砂取の手を振り払い、青木は槍を木々の奥に向ける。生い茂る植物に隠されているが、確かにそっちには魔物がいる。ゴブリンだ。

「おぉ、いいじゃん。オレがやっちゃおうか？」

「下がっていてください。最初は自分がやります。許可を出すまでは、皆さんは攻撃しないように」

瞬間、茂みからひょっこりと現れたゴブリン。青木の目がスッと鋭くなる。

「グギャッ!?」

八人。その数に驚いたゴブリンは逃げようとするが、遅い。

「背を向けた相手を殺すのは簡単です」

グサリ、槍の穂先がゴブリンの後頭部に突き刺さった。深くまで刺さり、そして引き抜かれる。

完全に脳幹を断ち切っているだろう。慣れているな。

「うーわ、グロイ」

美咲が目を細めて言う。確かにグロイが、慣れ過ぎている。親の顔より魔物の死体を見た回数の方が多い。

「今回はすぐに倒せましたが、ここで逃すかてこずれば仲間を呼ばれていた可能性もあります。皆さんもゴブリンを相手にする時は迅速な処理を心がけましょう」

「はーい！」

元気に手を挙げたのは乙浜。あの死体を見ても楽しそうにしているのはなかなか大物だ。

「さて、次は倒した後です。今回はほとんど死体を損壊させずに倒せましたので、脳を除いて必要部位を剝ぎ取ることができます」

青木はゴブリンの死体にしゃがみ込み、懐からナイフを取り出した。反射のない灰色の刃で、現代感がある。

「皆さん、集まってよく見てくださいね。この剥ぎ取りができないようでしたらハンターをやるのは難しいですよ」

ハンターとは特殊狩猟者のことだ。大抵の人間はそう呼んでいるらしい。

「ゴブリンの必要部位は爪、心臓、脳。討伐証明部位は耳であることが多いです。必要部位と討伐証明部位の違いはわかりますね？」

「必要部位は売れる部位、証明部位は協会に提出する部位。よね？」

塩浦が長い髪をかき上げながら言った。青木は剥ぎ取りを進めながら笑顔で頷く。

「正解です！　一応、証明部位について補足しておきますが証明部位を提出することでポイントが貯《た》まっていき、昇格試験を受けられるようになります。狩猟者のランクを上げればより制限の強い異界にも入れるようになりますし、協会からの支援も充実します」

異界にはランクがある。ここ旧白浜異界は特殊狩猟者免許を持つ者であれば許可証を発行するだけで誰でも入れるが、そうでない場所も多くある。そういった高難易度の場所は狩猟者側もランクを上げることで入れるようになるのだ。

「それと、必要部位に関してですがゴブリンの爪、心臓、脳は協会で買い取っていますので皆さんも討伐した際にはぜひ。ただ、心臓と脳については管理に注意しなければ換金できない可能性があります。心臓はビニールで包んで袋に入れておけば大体なんとかなりますが、脳はかなり管理状態に気を使う必要があります。その上、そこまで高く売れることもありません。協会としては売ってくれると助かりますが、初心者の皆さんは爪と耳だけを剥ぐのが一番簡単でしょうね」

なるほどな。俺は私用空間があるから保存には困らない。深く考える必要はないだろう。

「それと、余った死体は何もなければその場に放置するしかありませんが、処置が可能ならしておいた方がいいです」

そう言って青木は銀色のスプレー缶を取り出した。

「このような消臭剤も協会で販売されているので、余裕があれば買っておくことをお勧めします。死体を放置すると他の魔物を呼び寄せてしまいますから」

シィー。消臭スプレーから液体が噴射され、ゴブリンの死体に雑にかけられる。早くも漂っていた死臭が抑えられた。このレベルの消臭剤は俺のいた時代にはなかった気がする。

「それに、自分自身の匂いを消すのにも使えます。鼻が利く相手が潜む異界なら、それだけで生存率が上がります」

なるほどな。これが地球の冒険者……いや、狩猟者か。面白いな。向こうでも臭いを消すくらいは当然やっていたが、ここまで手軽で完璧に誰もが使える手段になっているのは素晴らしい。

「さて、先に進みましょうか」

青木はスッと立ち上がり、森の奥へと歩み始めた。

それから、十分程度歩いていると、突然青木が足を止めた。進行方向にいくつかの気配を感じる。

「……皆さん、この先に何かいます。数まではわかりませんが」

五体だ。ゴブリンだな。最初に出会ったのは、所謂《いわゆる》はぐれだ。大抵のゴブリンは二体以上で動いている。繁殖力が強く数の多い魔物だからな、一体で動く必要がない。

「五つだ」

野島が言った。その体からは気が漂っている。闘気とも呼ばれるそれを空間に広げ、感知に使ったのだろう。しかし、気が使えるってことはなかなかの肉体派だな。

「闘気ですか。すごいですね野島さん」

「元警察官だからな」

野島は言いながら、拳を構えた。グローブのような物は装着しているが、武器は使わないスタイルらしい。

「とはいえ、武術は柔道の経験しかない。魔物相手にはそう生かせない」

「大丈夫ですよ。闘気を使えればゴブリン五体くらい柔道だけでも倒せます」

木々の向こうから、五体のゴブリンが姿を見せる。しかし、さっきのゴブリンとは違い、こいつらは武器を持っている。なまくらだが、金属製の武器だ。

「……あいつら、既に人を殺した経験があるかもしれません」

「なぜわかる？」

俺が思わず質問すると、青木は目を細めた。

「あの武器です。ゴブリンは武器を作る術《すべ》を持ちませんから、鉄製の武器は殺して奪うか死体から拾う他ありません。あれが殺して奪った物だとすれば、厄介です。一度人の殺し方を知ったゴブリンは迷いがなく、強いです」

「なるほどな」

こっちのゴブリンは製鉄技術がないのか。まぁ、いきなりこの世界に現れて鉄を作るってのは難しいだろうが。しかし、向こうのゴブリンよりも……なんというか、気迫がない。

「次の敵は皆さんに任せようと思っていたんですが、五体はさすがに危険ですね」

言いながら前に出ようとした青木の頭上を炎の球が通り過ぎた。それは真っすぐにゴブリンに着弾し、小さな爆発を起こして丸焦げにした。

「ちょっ、黄鋳ちゃん！　勝手にやっちゃダメだよ！」

「早く帰りたいから、早く終わらせるだけ」

「ていうか、森の中で火ってどうなの？」

それを試したのは杖珠院黄鋳だ。杖を持っていたので察してはいたが、魔術士だったか。

「ハッ、オレも好きにやっちゃうぜ？」

「ちょ、ダメです砂取さん！」

どすどすと前に歩いていく砂取の肩を青木が掴むが、目の前に走ってくるゴブリンを見て放す。

「っしゃぁッ！　オラッ、どうよ？　オレ、結構強いっしょ」

砂取の持つ金属の棒。強化版鉄パイプのようなそれが直撃し、ゴブリンの頭が破裂する。

「じゃ、じゃあ俺も……俺もやる！」

「あぁっ、ダメだって小戸君！」

慌てる乙浜の脇をすり抜けて小戸は走っていく。

「うらぁあああああぁッッ!!」

振り下ろされる直剣。しかし、ゴブリンはそこまで動きの速くないそれを回避し、手に持っていた短剣を突き刺そうとする。

「う、うわぁッ!?」

「危ないぞ」

短剣が小戸の腹部に刺さる瞬間、野島が小戸の襟首を掴んで後ろに投げた。

「本当に、いい加減にしてください」

残り三体のゴブリン。青木はちょうど三発刺突を放って一瞬で殺害した。

「……皆さん、これは講習です。自分の腕を見せつける場でも、協力して魔物を狩る場でもないです」

青木は血の滴る槍を地面に刺し、俺たちの方を睨んだ。

「魔物を倒して自分は楽しいかもしれませんが、他の参加者は迷惑するだけです。特に小戸さん、貴方は野島さんがいなければ絶対に怪我をしていました。いえ、怪我で済んだかすらわかりません」

「ぅ、す、すいません……」

身を小さくする小戸に青木はため息を吐く。

「砂取さんもそうですが、杖珠院さん」

「なんですか？」

挑戦的に視線を返す杖珠院を睨む青木。

「なぜ勝手に手を出したんですか？」

「別に」

なおも反省する様子のない杖珠院に絶句する青木。

「……あの、ですね。百歩譲って手を出したことはいいとしても、なぜ何も言わずに仕掛けたんですか？　それでチームが混乱して、小戸さんが大怪我していた可能性もあったんですよ？」

「そもそも、小戸が怪我するのなんて小戸が弱いのが悪いだけだと思いますけど」

「黄鋳ちゃんッ！　本当に良くないこと言ってるよ？　わかってる？」

「あーあ、学級崩壊ね」

青木が怒り、杖珠院が小馬鹿にし、天利が叱り、塩浦がどうでもよさそうに言う。青木、かわいそうだな。しかし、意外と怒るタイプだったのか。

「そもそも、何もしてない方が悪くないですか。そこの人とか、何もしてないし何も喋らないし、いないのと同じです」

「黄鋳ちゃんッ!!」

なんか飛び火したな。

「……あぁ」

来るぞ、かなり多い。まずいな。

「おい」

「そうやって他人のことばかり責めて、自分がやったことは認めないつもりですか？　そんなやり方じゃ誰も貴方の味方になってくれませんよ!?」

「余計なお世話です。なんで貴方にそんなこと言われなきゃいけないんですか？」

青木に話しかけるが、聞こえていない。

「おい、青木」

肩をひっつかみ、寄せる。

「ッ、な、なんですか」

「来てるぞ。ゴブリンの群れだ」

俺の言葉に青木は目を見開いた。その表情は、驚愕《きょうがく》から怪訝《けげん》そうなものに変わる。

「なっ、そんなわけ……ていうか、なんでそんなことがわかるんですか」

「なぜなんてのはどうでもいい。それより、どうするんだ？　あっちから来るぞ」

俺が指をさした方を見て青木は目を細めた。

「……本当だ。来てる」

音を聞いたか、何かを見たか、それとも気配を感じたか、青木は真剣な表情になった。

「皆さん、避難を……無理だ。間に合わない」

数秒黙った後、青木は血でぬれた槍を構えた。

「皆さん、ゴブリンの群れが来ます。逃げられません。なので、ここで応戦します」

「む、群れ？　大丈夫なんですか？」

小戸が少しおびえながら聞くが、青木は首をどちらにも振らなかった。

「わかりません。ただ、戦うしかないというだけです。ある程度固まって、死角をなくして戦います。乙浜さん、塩浦さん、老日さん、どの程度戦えますか？」

「はいっ、運動神経には自信あります！」

「私は……弓道やってるから弓は持ってきたけど、大群相手だとどの程度力になれるかわからないわ」

「……戦闘経験はある」

青木はここまで一切の戦力を見せなかった三人からそれぞれの答えを聞き、頷いた。

「自分、野島さん、砂取さん、老日さん。いったんこの四人を前衛とします。塩浦さんと杖珠院さんは後衛。乙浜さんと小戸さんは二人を護衛しつつ前衛が崩れかけたらカバーに入ってください」

「はいっ、なんだかワクワクしますねこういうの！」

青木は冷静に作戦をまとめ、すぐそこに迫るゴブリンの群れを睨んだ。乙浜は相変わらず緊張感がないが、小戸のようにガチガチに固まっているよりはマシだ。

「来るぞ」

野島が低い声で告げると同時に、ゴブリンの群れがその姿を見せた。

『大火球《ビッグファイアーボール》』

直径二メートルくらいの火球が群れの先頭集団に着弾する。が、同時に森が燃え始める。

「黄鋳ちゃんっ、消火しないと！」

「いや、問題ないです。ここの森は燃え広がることはありません。理屈はわかりませんが、異界なので」

「だったら、もっと燃やした方がよさそう」

そう言ってまた杖珠院は杖を掲げ、魔力の光を放つ。

「抜けてきます！」

だが、次の魔術が放たれるよりも早く燃え盛る炎の両脇をゴブリンの群れが抜けてきた。

「オラァッ！　ハ、ハハッ、どうよっ！　オレも結構やるっしょォ!?」

「そうですね！　悪くない動きです！」

「ハッ、生意気な評価じゃんねぇ！」

青木の槍が血気迫る表情で向かってくるゴブリンの首を突く、胸を突く、頭を突く。砂取の金属棒がめちゃくちゃに振り回され、次々にゴブリンの脳漿《のうしょう》をぶちまけさせる。

「……なんだ？」

百を超える数のゴブリンたち。しかし、彼らは別に俺たちに襲いかかってきているわけではない。ただ、走り抜けているだけのようだ。

こういうことは、向こうでも何度か覚えがあった。

「そういうことか？」

いるのか？　何かが。この数のゴブリンが恐れて逃げ出すような、何かが。

「青木」

「ッ、なんです……かッ！」

ぐちゃり、頭が潰れるゴブリン。

「こいつらの背後、恐らく何かいるぞ」

「何かって、なんですッ⁉」

俺は脇に一匹抜けてきたゴブリンの首を斬り落とす。

「この量の群れが逃げ出すような何かだ。じゃないと、こんなことは起きない」

「……確かに、そうですね」

青木はゴブリンの首を槍の穂先でかっさばき、迫る群れの向こうを見た。

「あぁ、見つけた」

「ッ、何をですか？」

魔術や闘気に頼らない生物としての感覚のみによる感知範囲に、それが入った。

「原因だ」

速いな、もう少しで到達する。なるほどな、これならゴブリンの群れが逃げ出していても不思議じゃない。

「原因ッ、なんですか⁉」

「来るぞ」

燃え盛っている木が、バタリと倒れ……火が消えた。

「――弱いな、弱い火だ」

しかし、空間に満ちる熱は消えていない。

その原因は、あの男だ。

「久方ぶりの顕現。ここがどこかもわからんが、いるのは獣や雑魚ばかり……ようやく人を見つけたと思えば、この下らん魔術の火よ」

炎をまとう筋肉質の体、その隙間から見える褐色の肌、手にした長槍《ちょうそう》は赤く輝き、赤い双眸《そうぼう》は宝石のように美しい。そして、彼の体は炎の翼によって浮き上がっている。

「……貴方は、誰ですか？」

真面目に問いかける青木を見て、男は鼻で笑った。

「お前、よもや俺が人間だとでも思っているのか？」

「ッ、だったら……だったら、お前は、なんだ」

ゴブリンは全て逃げ去り、最早この場にはいない。青木は警戒心を最大にして槍を向ける。

「悪魔だ」

ためらいなく言ってのけた男に青木は気圧《けお》され、一歩後ろに下がる。

「炎の悪魔、アウナス。アミーとも呼ばれるがな」

自慢げに告げたアウナスは浮き上がっていた体を地面に下ろした。

「……ソロモン七十二柱」

「ほう、知っているか。魔術に詳しいようには見えんが」

名前を挙げた塩浦に、アウナスは目を細めた。しかし、ソロモン七十二柱か。俺でも名前くらいは知っている。

「別に、そのくらい知ってる奴は知ってるわよ。ネットで調べたら一瞬で出てくるわ」

「ネット……魔導書のようなものか」

少し驚いたような表情をしたアウナスだったが、すぐに元の表情に戻った。

「まぁいい、知っているのならば……契約するか？　得られるは力、知恵、宝。どれも素晴らしいものを保証しよう」

「嫌よ。代償に生命力をせびられるんでしょう」

刺激しないためか、弓を下ろしたまま話す塩浦だが、契約する気はないらしい。

「ふむ、ならば……」

「――――あ、あのッ、俺とッ、俺と契約しませんかッ!?」

声を上げたのは、小戸だった。

小戸は走り、前に出るが、アウナスの発する熱にひるんで立ち止まる。

「誰だ、小僧」

「お、小戸啓政ですッ！　生命力って、寿命みたいなもんですよね!?　俺、契約しますッ！」

こいつ、正気か？　なんの知識もないのに悪魔と自ら契約しに行くなんて自殺行為だぞ。

「やめた方がいいぞ。悪魔との契約、その意味がわかっているのか？」

「うるせぇッ！　お前、来るぞ、とか！　戦闘経験はある、とか！　実は有能ですみたいな感じがしてムカつくんだよッ！」

なんだこいつ。怖過ぎるな。

「なんでもいいから契約させてくれッ！　それとッ、黄鋳ッ！　お前、学校でいちいちウザいんだよッ！　ちょっと魔術が使えるからって、自分は他とは違うんですみてぇな雰囲気出して、他を見下してッ！　さっきも俺のこと雑魚っつったろッ！」

そういえば同じ高校だったな。杖珠院は普段からああなのか。あいつもあいつだな。

「気持ち悪。じゃあなんでさっきそれを言わなかったの？　自分が雑魚だからでしょ。それなのに――」

「いいだろう、小僧。その条件で契約だ」

小戸の頭に手を触れるアウナス。しかし、髪の毛は焼けず、小戸は呆《ほう》けたような顔でアウナスを見上げた。

「なんでもいいから、契約……だったな？」

にやりと笑みを浮かべ、アウナスの炎が、魔力が、小戸に流れ込んでいく。

「印章はないようだが、まけてやろう」

「ぐ、ぅ、ぅぉおッ!?」

契約が進んでいくのを、俺はただ眺めている。というのも、どうするべきかまだ判断がついていないのだ。向こうの世界なら、こんなバカは放置するか殺すかの二択だが、ここは地球だ。助けるべきか？

「契約完了だ、小戸啓政。なんでもいいという条件だったが……ククク、あまりに哀れだからな。一つだけ願いを叶えてやる」

「う、ぅ……だ、だったら、俺に力をくれッ！　こいつらとッ、俺をバカにした奴らッ、全員わからせてやるッ!!」

「くッ、くくっ、醜悪だな！　だが、いいだろう。願いは叶えてやる」

アウナスの体が溶け、ただの炎と化し、小戸の体に入り込んでいく。

「う、ォぉ、うぉおおおおおおおおおおおおおおッッ!!」

小戸の体から炎が噴き上がる。目が赤く染まる。その手に一本の長槍が握られる。

「は、ハハッ、ハハハハハハッッ!!　お前ら、謝るなら今のうちだぞッ！　俺を舐めた黄鋳も、俺に謝らせた青木もッ、謝れッ！　今ならまだ許してやるッ！　ハハッ、ハハハッ！」

「小戸……今のお前、親に見られたら恥ずかしくて死ぬぞ」

あまりの様相に思わずそう口に出すと、小戸の赤い目が俺を睨んだ。

「ッ、お前もだッ！　全員ッ、全員地面に頭を付けて謝れッ！　跪《ひざまず》いて許しを請うんだよッ、俺にッ!!」

「そういう語彙《ごい》だけはあるんだな」

俺の頬を炎の槍がかすめた。あの悪魔本体の十分の一以下だな。憑依体《ひょういたい》にしても弱い。素体が弱過ぎるせいだろう。

「いい加減にしとけよ、お前……十秒だッ、十秒だけ待ってやるッ！　その間に首《こう》を垂《べ》れろッ！」

最近、痛々しい少年によく会うな。これが魔術や異能が普及してしまった現代か。人生経験を積まなくても、職務経験がなくても、大人を超える力がある。子供と大人の間にあった社会的な壁が、純粋な力のみで壊されてしまった世界。なんとも言えないな。

「五秒だ……お前ら、マジで舐めんなよ。本気で全員殺すからな」

殺気と熱気を強める小戸に、緊張感が高まる。

「えぇ、どうするみんな？　いったん、首垂れとく？」

「あぁ、それがいい。犯人を刺激するのは得策じゃない」

「犯人……野島さん、そういえば元警官だったわね」

仕方なしと膝を突いた乙浜の足元に炎の槍が突き刺さり、地面に穴を開けて消えた。

「ふざけるな」

小戸の表情は、憤怒《ふんど》に染まっていた。

「お前らッ、何のんきに話してんだッ⁉　とっくに十秒経ってんだよッ！　何が首垂れとく？　だよッ！　舐めんなよッ、舐め過ぎなんだよッ‼」

小戸の体中が炎に包まれる。さっきまで燃えていなかった小戸の制服にチリチリと火がついた。

制御が乱れてるな。

「クソッ、なんでだよッ！　なんでッ、力を得ても俺はバカにされんだよッ！　見下されんだよッ！　俺は強者になったんだよッ！　ねたむ側から、ねたまれる側にッ!!」

制服が完全に炎上し、小戸の顔以外全身が炎に包まれる。赤い炎で隠れているが、その下はもう生まれたままの姿だろう。

「ッ、小戸さんッ！　落ち着いてくださいッ！　今ならまだ間に合いますッ！」

「何が間に合うんだよ青木ッ!!　もう、間に合わねえんだよッ！　俺はッ、悪魔と契約したんだッ!!　お前ら全員ぶっ殺して、それで終わりだッ！　何もかもッ!!」

自暴自棄とはこのことだな。まぁ、何が間に合うんだってのはわかるが。

「ねぇ、美咲。あの人……今、全裸だよね!?」

「うるせえぞ天利ィ!!　決めた、お前からぶっ殺す」

小戸が片手を上に掲げる。そこに炎が集まり、槍の形を成す。

「ッ、小戸！　貴方、本当に殺す気なのッ!?」

「そう言ってんだろうがッ!!」

後は放つだけ、だがまだちゅうちょがあるのか、撃ち放たない小戸。そんな彼の胸に、金属製の棒が突き刺さる。

「ぐッ、おッ、ぅ……？」

背後から近づき、それを突き刺したのは砂取だ。浮かんでいた炎の槍が霧散する。

「ハッ、ハハッ、やったぜオレはよぉッ！　バカがッ、クソ根暗ァッ!!　雑魚が調子に乗るからそうなんだよバァーカッ!!」

「さ、とり……て、めェ……ッ!!」

小戸は膝を突き、砂取を睨んだ。完全に勝った気でいる砂取だが、悪魔が憑依した小戸の息の根はその程度では止まらない。

「……本当に意味がわからない状況です」

久しぶりに口を開いた杖珠院だが、これで終わったと思っているのか安堵《あんど》の息を吐いている。

「も、う、キレた……ぞ……ぜってぇ、全、員……」

僅かに弱まっていた炎、それが一気に息を吹き返す。

「ぶっ殺す」

「なッ、嘘だろッ!?」

小戸から、完全にちゅうちょが消えた。溢れる炎と熱気は胸を貫いた金属棒を溶かし切り、木々の葉をチリチリと焦がしている。

「死ね、乙浜」

「えぇッ、私ッ!?」

放たれる炎の槍。なぜか心当たりのない乙浜に槍は直進し……そして、目の前に飛び出てきた野島に防がれた。

「下がっていろ。こういうのは大人の仕事だ」

「はいっ、下がってます!」

気をまとう拳で炎の槍を防いだ野島は、小戸の前に出た。

「ハッ、お前まさか勝てると思ってんのかよ？　悪魔と契約した俺に？　無理に決まってんだろオッサンがッ!!」

赤く輝く長槍が振り下ろされる。野島は冷静にそれを見切り、回避しながら拳を叩《たた》き込んだ。

「ぐッ!?」

「悪いが、気絶するまで殴らせてもらう」

抵抗しようと身をよじる小戸だが、容赦のない拳が次々にその身に叩き込まれる。まとわれた炎の鎧《よろい》は呆気《あっけ》なく気の拳に貫かれている。

「お、れは……強いんだッ!!」

「ッ！」

葉に火がつくほどの熱波が放たれる。至近距離でそれを浴びた野島はさすがにひるんだ様子で一歩下がった。

「自分も戦います。これでも、現役のハンターですので！」

代わりに青木が飛び出し、手に持った槍を突き出した。小戸も槍を振り回す。

「舐めんじゃねぇッ!!」

「ぐッ!?」

かち合う槍。相手の槍を弾いたのは悪魔によって身体能力を大きく強化された小戸だった。槍を弾かれ、体勢を崩した青木の胸に吸い込まれていく赤い槍。

「ッ、塩浦ァ!!」

しかし、槍の穂先に直撃した矢がその軌道をそらした。

「ふぅッ、人生で一番緊張したわ。県大会より集中したかも」

人一人の命が懸かった射撃だ。緊張もするだろうな。

「チッ、まずは……塩浦ッ！」

「そっち見てる場合じゃないでしょう」

標的を簡単に殺せそうな塩浦にロックオンした小戸に杖を向ける杖珠院。呟くと同時に大きな水の球体が放たれた。

「消火できると思ってんのかァッ!?」

「別に」

迫る球体に、蒸発させてやろうと向き合う小戸だったが、その球体が一瞬で凍りつく。

「ぐッ、てめッ!?」

直径三メートルはあろうかという氷の球体になったそれを一瞬で溶かすことはできず、小戸に球体が直撃し吹き飛ばされる。

「背骨が折れたらすまん」

「ぐぉッ」

吹き飛ばされる先に立っていた野島の回し蹴りが小戸の背中に直撃し、小戸の体がくの字に曲がる。

「ぐッ、ぉ、ぅぅッ!?」

「すみませんが、落ちるまで殴り続けます」

地面に倒れた小戸。その頭をガンガン、と何度も槍で殴りつける青木。

「ぐ、ぁ……ぅ……」

次第に炎の勢いが弱くなり、ついに炎は完全に消え去った。

「もしかして、勝ちました⁉」

「いや、まだだ。小戸は寝たが……中身まで寝てくれてるとは限らない」

拳を構えたままの野島。その前で倒れている小戸の体がピクリと動いた。

「ッ、まだ完全に落ちてないか⁉」

小戸の体から炎が巻き起こり……そして、ひとりでに赤い長槍が浮き上がった。

「――――見事だ、と言うべきか。無能が、と言うべきか」

炎は人の姿を形作り……悪魔が再顕現した。

「小戸啓政。呆れるほどに才のない男だ。小物で、醜く、弱い。だが、全く価値がないわけではない。俺の糧となることができるのだ」

「やはり出たか、悪魔……ッ！」

高まる緊張感。炎の悪魔、アウナスは笑った。

「今食らってもいいが……くくっ、先に願いは叶えてやるか」

アウナスは地面に倒れた小戸を容赦なく踏みながら、俺たちの方へと歩み寄る。

「お前たちを殺し、それからこの小僧の魂を食らう。では、始めるぞ」

アウナスの姿が一瞬でかき消え、野島の前に現れる。

「速ぃッ!?」

「まずは、一人だ」

振り上げた槍が、野島の心臓を目がけて振り抜かれる。

「――――結局、こうなるか」

振り抜かれたはずの赤い槍。しかし、それは宙を舞っていた。悪魔の腕と共に。

「ッッ!?　バカなッ、俺の腕がッ!?」

「答えろ、悪魔」

「ぐァッ!?」

残っていた腕も斬り飛ばす。

「えぇッ!?　すごいですッ！　でも、そんなにすごいなら最初から助けてほしかったですね！」

「……全ッ然見えなかったんだけど。何者なの、老日さん」

「何、コイツ……強過ぎ」

外野を無視し、俺は問いかける。

「アンタを召喚したのは誰だ？」

「ッ、契約すれば答えてやる、ぞ？」

俺は足を斬り飛ばそうとしていた剣を下ろした。

「あぁ、それでいい」

「ッ⁉　取り消しは効かんぞッ、契約成立だッ！」

アウナスから伸びた炎が俺の胸に結び付く。

「じゃあ、答えろ。召喚者は誰だ？」

「くくッ、残念だが知らん。俺も驚いたものだ。召喚されたというのに周りに誰もおらんなど初めてだ」

「さて、契約だッ！　貴様の生命力を根こそぎ奪い、魂を食らってやろうッ‼」

「そうか」

やはり、知らないか。

会った時の口ぶりからしてそんな気はしていたが、一番嬉《うれ》しくない答えであるのは確かだ。

できるなら、やればいい。

「ッ⁉　バカな……契約が、契約がッ⁉」

「あぁ、契約は破棄した」

「破棄だとッ⁉」

悪魔の契約は魂に結び付くものだ。故に、魂に絡み付いたそれを解《ほど》けば契約は破棄される。

『契約破棄《コンタラクトゥス・スクリベレオフ》』という魔術だ。当然、破棄できない契約もあるが、書物も魔術も使わず半強制的に交わされる契約にそこまでに効力があるわけがない。

まぁ、今回の場合は厳密に言えばそもそも契約は成立してすらいない。あいつが契約したのは俺の魂ではなく、魂の表層を覆うフェイクだ。

「悪いが、遺言は聞かない」

聞き飽きたからな。

俺は剣を振り上げる。その刃が光を帯びていく。

「くくッ、悪魔は殺してもよみがえ――」

光を帯びた刃は、悪魔を真っ二つに両断し、それから一瞬の間に細切れにした。

「残念だが、お前はもうよみがえることはない」

聖なる光を付与した剣で斬られた悪魔に、次はない。

悪魔は完全に死んだ。灰も残さずに消えた。とはいえ、最後まで希望を持ったまま死んだのは幸運だったと言えるかもしれないな。哀れではあるが。

「……それで、話を聞いてもいいですか？　老日さん」

毅然とした表情で青木は問いかけた。

「いや、良くないな。悪いが、俺は俺のことについて何も話すつもりはない」

記憶を消すか迷ったが、やめた。この悪魔の発生が報告されないのは問題になる。悪魔の発生自体がなかったことになり、なんの調査も行われず、それで誰かが被害を受ければそれは俺のせいだ。

俺はもう、他人の命の責任を背負いたくない。

「私も聞きたいです。最後にあの悪魔を払った光、どうやったんですか」

「努力だ」

杖珠院の質問を切り捨て、俺は青木の方を向いた。

「講習は終わりってことでいいか？　青木さん」

「……そうですね。まだ終わってはいませんが、貴方に教えて意味のある話はないでしょう」

それじゃあ、始めるか。記憶は消さないと言ったが、何もしないわけじゃない。

「アンタらには悪いが……『完全なる支配《コンプリート・コントロール》』」

俺は呪文を唱え、魔術を発動した。態々《わざわざ》これを唱えたのは、これが高度で複雑な魔術だからだ。

脳内で詠唱を完了するのは、言わば暗算だ。対するこれは筆算のようなもので、脳内で完結するのが不可能なため、ことばを使う。

「魔術っ!?　ありえない……本当に何者？」

「……何、これ。何をしたの、老日さん」

広がった魔力が、彼ら全員を包み込み、浸蝕した。

「俺について他人に喋ることを禁じた。それだけだ」

「な、何よそれッ!?」

まぁ、日常生活にそこまで支障はないはずだ。しかし、あまりいい気分じゃないな。記憶を消したり、行動を支配したり、まるで漫画の悪役だ。これでも、元勇者なんだけどな。

「こんなことしなくても、言わないでってお願いされたら黙ってたのにひどいですっ！」

「お願いだけじゃ、口が滑って言うかもしれない。魔術なら、そういうミスをなくせる」

「それは確かにっ！　私、よく口が滑るんです！」

目を輝かせる乙浜。なんだこいつ。

「……そういえば、砂取さんがいませんね」

「とっくに逃げたぞ」

金属棒刺されてから、復活したあたりで一目散に逃げてたな。アイツは処置しなくてもいいな。俺の力を知る前に逃げていた。

「あぁ。それと、この件に関する報告は協会に帰ってから直接話すようにしてくれ」

これから、少し狩りをしていきたい。素材を買い取ってもらう際に俺も事情聴取とかされたら面倒だ。今日で犀川に金を返しておきたい。借りを残しておくのは好きじゃないからな。

「老日」

「なんだ?」

もう去ろうとしていたが、野島に呼ばれて振り返る。

「頼むから、警察の世話にはなるなよ。お前みたいなのを追うことになる元同僚たちがふびんでしょうがない」

「あぁ、善処する」

そう言って、俺は踵を返した。

◇

異界探検協会、南房総《みなみぼうそう》支部。支部長室に三人の男女がいた。中年の男が部屋の奥に座り、長髪の女が机を挟んでその対面に座り、若い男が机の横に立っていた。

「青木君、君の話はあまりにも支離滅裂だ」

スーツを着た長髪の女が言った。

「……すみません」

「私が求めているのは謝罪ではなく、説明だ。具体的で正確な説明を求めている。報告書は見たとも。追加で送らせた報告書も見た。だが、私の感想は変わらなかった」

女はコツコツと机を叩く。

「講習に参加していた高校生四人と元警官の野島には話を聞けたが、大学生の砂取と老日勇には接触できなかったという話だったな？」

「えぇ、それに関しては間違いありませんとも。箕浦《みのうら》本部長。事件当日の昼過ぎに魔物の素材を売りに来たらしいのですが、そこからは全く足取りが掴めずといったところですな」

中年の男の言葉に本部長は頷いた。

「実はね、私の方でも調査を行わせてもらったんだ」

「ほう、本部長殿の方でもですか」

言葉を交わす二人の前で、青木は青い顔で俯いたままだ。

「老日に関しては接触できなかったが……砂取に関しては少し調べれば接触できた。怯えた様子で家にこもっていたらしいが、彼は唯一……老日勇に関する情報を話すことができた」

「ッ！」

　青木が顔を上げる。老日の魔術によって自ら話すことはできない彼だが、その反応に箕浦は笑みを浮かべた。

「大した情報は持っていなかったが……途中で逃げた砂取のみは老日について話すことが可能で、他は全員名前すら出せない……あまりにも不自然だ」

「ほう、それは確かに……老日が何か術をかけたように見えますな」

　当たりだ。青木の青ざめていた肌に僅かに色が戻る。

「あぁ、間違いなくそうだろう。そして、同時に発生した悪魔……普通に考えて、関係がないわけがない」

「それは、つまり……老日が悪魔の召喚者であると？」

「私はそう考えている」

　ハズレだ。青木はそれを否定しようとしたが、老日について何も喋れない青木はそれすらもできなかった。

「……小戸さんはどうなったんですか？」

「小戸啓政か。悪魔の召喚、契約は特別な理由がない限り禁じられている。それに、そもそもお前たちを殺そうとしているからな。逮捕は確定だが、ひとまず管理局で調査されることになった」

　そうですか、と青木は力なく頷いた。

「そして、今回の講習中に勝手な行動に出た杖珠院と砂取は厳重注意と一定期間の活動停止処分だ」

「それと、青木クン。このような事態にも関わらず情報を秘匿している様子のある君にも処罰が下る予定だったがね、この事態が解決するまでは保留だ。何かの術により隠匿させられている場合もありえるからな」

「……了解致しました。支部長」

これから、自分は……そして、老日や小戸、砂取はどうなるのだろうか。果たして、全員が日常に帰れるのだろうか。そんなことを考え、青木は窓から見える空を呆然《ぼうぜん》と眺めた。

4　東京特殊技能育成高等学校

彼らと別れた後、俺は森の魔物の中でもある程度強そうな奴を適当に見繕って狩ることにした。

「とりあえず、姿は消しておくか」

『完全なる不可視《オールモスト・インヴィンシブル》』という魔術を使い、俺は自身の姿を見えないように細工した。音も匂いもせず、見えもしない。魔術とは関係ないが、気配も消し、魔力も隠蔽している。これで誰かに気づかれることはないだろう。

「気配を探るか」

俺はその場にあぐらをかき、意識を集中させた。魔力も気も使わないやり方には限界があるが、森の中ならエルフに教えてもらったやり方が生きる。魔力や気を使わないのは、相手にも感知される可能性があるからだ。

「あった」

土、木々、生命の満ちる森の中はそこに生きる者たちの生命の波動が伝わってくる。そして、見つけた。

「一番強いのは……やめておくか」

そこそこくらいがちょうどいい。それと、この異界の広さは五千ヘクタールくらいか。そういえば青木が言ってたな。

「よし」

気配の位置は完全に捉えている。周辺の地形も森なら簡単に把握できる。これで行けるな。

「飛ぶか」

俺は標的の背後に不可視のまま転移した。

視界が入れ替わる。この感覚にも、もう慣れたな。目の前には無防備に背を向ける青い肌のオークがいる。ノーブルオークとかいう名前だったはずだ。高貴な、とつくように周りには何体ものオークを侍《はべ》らせている。

「悪い」

音も消えているので、これも聞こえないだろうが俺はそれだけ言って首筋に触れ、傷も付けずに命を奪った。

「ブ、ブモォッ⁉」

「ブモォオオオッ⁉」

自分たちのリーダー格がいきなり倒れたからか、取り巻きのオークたちが混乱し出す。俺はそのまま気づかれることなく死体を虚空に収納し、次の獲物の元に転移した。

◇

魔物の素材を協会で金に換えた後、そのまま犀川翠果にもらった連絡先にある高校まで来ていた。

用件は当然、借金返済だ。ちなみに、討伐報告所の奴は初めての異界でこれはすごいと驚いていたが、無言で圧力をかけたらさっさと解放してくれた。

「広いな」

東京の端、海に面したその高校はバカみたいに広かった。その大きな校門からはたくさんの生徒が出ていっている。

「時間的には、下校時間っぽいが……」

東京特殊技能育成高等学校。クソ長い名前だが、名前から察するに普通の高校ではないのだろう。魔術や異能、そういう類いの技術を研究・育成する場所なのだろう。

「犀川……アイツはいつ来るんだ？」

続々と帰っていく生徒たちが、校門の横に立つ俺を不審そうな目で見ていく。というか、不審者を見るような目で見ていく。まぁ、黒づくめの男がスマホも弄《いじ》らずに校門でボーっと立ってたら怖いかもしれない。もし教師を呼ばれるなら、それもそれで好都合だ。犀川について聞けるだろう。

「まぁ、なんにせよ……だ」

とりあえず、待つか。

◇

日が暮れているというか、もう完全に夜だ。三時間は経っているが、犀川の気配が近づけばわかるので、俺は目を瞑《つぶ》ったまま校門の壁にもたれかかってずっと待っていた。

「……来た」

俺は目を開き、校門を通ろうとした犀川の前に立った。

「アンタは覚えがないかもしれないが、俺はアンタに金を借りてる。後で捨てるでもなんでもいいが、とりあえずこいつを受け取ってくれ」

そう言って俺は封筒に入ってすらいない一万円札を二枚、犀川に見せた。自分で言っててなんだが、クソ怪しいな。

「えぇと……？」

「頼む」

俺はぐいと札を前に出した。

「……受け取ってもいいですけど、私のラボで調べてからでもいいですか？」

彼女は金に手を触れることなく、そう言った。

確かに、触れた瞬間に呪われると思われてもおかしくないような押し付け方はしてるが。

「……そうだな」

「じゃ、行きましょう」

すたすた歩き出す犀川に俺は一瞬ためらったが、ひとまずはついていくことにした。

「俺が勝手に入っても大丈夫なのか？」

「大丈夫ですよ」

校門には明らかに魔術的なセンサーがあったが、俺はなぜかそれに感知されることなくそこを通り過ぎた。

「にしても、広いなここは」

「施設がいっぱいありますからね。すぐそこが海なので、いくらでも埋め立てて土地を広げられるんです」

そんなことして大丈夫なのか？　俺はあんまりそういうのには詳しくないが……まぁ、俺より頭のいい奴が決めてることだろうから、大丈夫なんだろう。

「ほら、あそこに見えるのが私のラボです。正確に言うと私だけの物じゃないですけど」

「……すごいな。その歳で自分のラボがあるなんて、普通じゃない」

俺がそう言うと、犀川はふふっと笑った。

「私もそう思います。でも、普通じゃないのは貴方もだと思いますけど？」

「……普通の基準なんて人それぞれだ」

適当な答えを返していると、ラボが近づいてきた。

「近くで見るとそれなりに大きいな」

「でしょう？　でも、足りないので二階作っていいですかって聞いたんですけど、断られちゃいました」

まぁ、普通は断るだろうな。

「それで、調査にはどれくらい時間がかかるんだ？」

「そんなにかからないので安心していいですよ」

具体的な時間については答える気がないらしい。まぁ、別にいい。

「さぁ、こっちですよ。どうぞ」

急《せ》かすように言ってラボに入っていく犀川。俺はため息を吐いてそこに続いた。


ラボの中はかなり片付いていた。ほとんどが白一色で、いくつもの器具が並んでいる。俺たち以外の人はいないように見える。

「ふふ、よくぞいらっしゃいました。ゆっくりしていってくださいね」

「その予定はないな」

できれば早く終わらせたいというのが本音だ。

「……普通、こんな可愛《かわい》い女子高生に誘われたらもっと嬉しそうにしませんか？」

「普通の基準なんて人それぞれだ」

にしてもこいつ、自画自賛にちゅうちょがないな。

「私、結構人気あるんですよ？　顔も可愛くて、頭も良くて、優秀で……」

すたすたと近づいてくる犀川。体が近づき、その手が俺の背筋を通り、首筋に触れる。チリチリと髪の毛に触れる感触がある。

「……どうです？」

上目遣いで尋ねる犀川の両腕を俺は掴んだ。

「どうもこうもないが、髪の毛は返してもらおうか」

「むぅ、バレましたか」

犀川が諦めたように髪の毛を手渡したので、床にこっそり落とされた一本も拾っておいた。

「それと、だ」

「なんですか？」

俺は犀川を睨み付けるようにして、言った。

「アンタ、俺のこと覚えてるな？」

「気づいちゃいましたか」

隠しもせずに犀川は言った。

「一つは、センサーに引っかからずに素通りできたこと」

校門には魔術によるセンサーのような物があったはずだ。なのに、俺は素通りできた。

「あぁ、確かに私が細工しましたよ。お店に髪の毛一本落ちてたので、それから魔力の波長を読み取って登録しました」

「それって犯罪じゃないのか？」

俺が聞くと、犀川はきょとんとした顔で首を傾《かし》げた。こいつめ。

「一つは、俺に対する執着」

赤の他人の髪の毛をあそこまでして採取しようとすることは普通じゃない。

「さっきも言いましたけど、髪の毛一本は拾えましたから……いろいろ、調査はできたんです」

「……一応、結果も聞いておく」

犀川はニヤリと笑い、一枚の紙を鍵のかかった引き出しから取り出した。

「これ、見てください」

なんと、その紙には無数の単語が並び、その横に数字が連ねられていた。説明させよう。

「あぁ、よくわからん。説明してくれ」

「……魔術には精通してるのに、そういう知識はないんですね」

犀川は目を細めてこちらを見たが、俺が表情を変えずにいると目をそらした。

「まぁ、いいですけど……すごく簡単に言うと、人間ではありえないレベルの魔素を取り込んでいることがわかりました。恐らく、現在確認されている中でこれ以上の魔素を含んでいる人はいませんん」

「そうだろうな」

あっさりと答えた俺に、犀川はまた目を細めた。

「ここまでの階位に至るにはどれだけの魔物を殺す必要があるのか……老日さん、貴方って何者なんですか？」

「さぁな」

なぜか記憶を保持していた以上、喋るわけにはいかない。

「そう言うアンタは、どうやって記憶を保っていたんだ？　魔術の発動は完璧だったはずだが」

「別に記憶を失ってないわけじゃないですよ。詳しくは秘密ですけど……老日さんについて教えてくれるなら話しますよ？」

じゃあ、別にいいな。

「それで、俺をここに招いてどうするつもりだ？」

「よくわからないから調べたいが一番ですね。体をスキャンとかさせてほしいです。もちろん、報酬も出します。ちょっと寝てるだけで大金がもらえるなんてなかなかないですよ？」

それはそうだが、乗り気にはなれないな。

「悪いが、断る。アンタが俺のデータを何に使うかわからないからな。犯罪に使われるかもしれない。俺のデータを公表するかもしれない。そのリスクがある以上、受ける気にはなれない」

「じゃあ、それはしませんよ」

あっさりと犀川は言った。

「魔術契約してもいいですよ。私は私自身の興味を満たすためと、私の研究に生かすため以外のことに老日さんのデータを使う気はないので」

「……アンタの研究が犯罪に使われない保証もない」

「はぁ。そんなこと言ったら何もできませんよ。包丁だって人を刺して殺せますし、悪用される危険性に怯えてたらなんの研究もできません」

犀川は初めて苛立《いらだ》ちのような表情を見せた。こういう口出しをされるのが嫌いなんだろう。

「そもそも、アンタはなんの研究をしてるんだ？」

「異界接触現象が起きないようにする研究をしています」

なるほど、大きく出たな。

「それは……難しいんじゃないのか？」

「難しいですよ。なので、今はちょっと停滞気味です。とはいえ、これは死ぬまでに結果を出せればいいと思ってるので、別にいいんです」

まぁ、そうだろうな。次元の揺らぎそのものを止めるか、それによって起きる現象を無効化するか、どちらも容易じゃなさそうだ。

「というわけで、現状進めてる研究は異界生物……魔物の駆除や異界の浄化に関するところですね。こっちはそこそこ結果も挙がっているのでこうしてラボをいただけているというわけです。本当は偉い人からもっとすごいラボに移らないかって話もあったんですけど、自分の研究をしたかったので断りました」

「なるほどな」

自分で言うだけあって、優秀らしいな。

「そんな感じですけど……どうです？　協力してくれる気になりました？」

「いや……正直、金に関してはもう困る予定がない。大金をもらっても、それを使う予定もない」

俺がそう言うと、犀川はニヤリと笑った。

「じゃあ、戸籍についてはどうですか？」

犀川の言葉に、俺は思わず目を細めた。

戸籍、それは今後俺を苦しめ続けるであろう悩みの種だ。

「老日勇さん、貴方の戸籍は消えています。失踪宣告は既になされているはずなので」

「まぁ、だろうな」

法律にはあまり詳しくないが、行方不明になってから三十年経ってるのに、それで戸籍が残ってるってことはないだろうな。

「つまり、この戸籍を戻すためには失踪宣告を取り消すための申し立てが必要になるわけですけど……ちょっと、受け入れられるかわからないですよね」

今の俺の年齢は二十二。戸籍上の俺の年齢は四十七。今の俺が申し立てに行っても受け入れられるかわからない。そもそも、まだ俺は親と合流すらできていない。家が同じ場所にあるかもわからない上に……生きているかもわからない。

「そこで、私が役に立てるというわけです」

「どうするつもりだ？」

犀川はにやりと笑う。

「私は頭が良くて優秀なので、偉い人ともつながりがあるんです。その人に頼めば戸籍を戻すくらい簡単ですよ」

「それ、違法じゃないのか？」

「合法ではありますよ。正式な手続きで戸籍を元に戻すだけですから」

まぁ、そうかもしれないが。

「そんな簡単に引き受けてくれるのか？」

「さすがに犯罪に利用しようとしてるとかだったら断られると思いますけど、別に嘘吐いてるわけじゃないですからね。やってくれると思います。一度会わせるようには言われるかもしれませんけど」

「それ、まずくないか？　会ったら確実に歳が合わないってバレるだろ」

犀川はチッチッと舌を鳴らした。うっとうしい。

「老日さんが行方不明になった時期は異界接触現象が起きた時期と近いです。なので、こう言えます……時空間の乱れがある異界にとらわれていた、と」

「そんな言い訳でうまくいくのか？」

「大丈夫です。前例があるので」

あるのか、前例。

「それに、悪意を持って何かしようとしていると思われない限りは大丈夫です。あの人、私には甘いですから」

「……そうか」

戸籍。身分。それを得られる機会は、そう多くない。しかも、ただ体を調べられるだけという対価で、だ。これは……どうする。断るべきか、受けるべきか。

「そんな感じですけど、どうします？」

「…………受けよう」

俺が答えると、犀川は満面の笑みを浮かべ、俺の手を引いた。

「じゃあ、早速気が変わらないうちに始めましょう。あ、それか魔術契約しますか？　不安ならそれでも構いませんけど」

「あぁ、契約はしておこう」

「じゃあ、契約書持ってきますね」

「いや、俺ができる。それでいいだろう？」

一応、こいつが持ってきた紙は信じない方がいいだろう。どこに罠があるかわからない。

「まず、契約条件だが……」

俺は契約魔術を発動し、条件をすり合わせることにした。

◇

犀川と交わした契約は、主にこうだ。
・俺は一度だけ身体スキャン等の検査を受け入れる。ただし、そのデータを悪用、または老日勇であることが特定できる形で公表、利用することはできない。
・犀川は俺の戸籍を戻せる人物に申請し、俺とその人物を会わせる。
・お互いにお互いを、害をなす目的で動くことはできない。
かなり雑にまとめるとこんな感じだ。三つ目の条項だが、これは何かあれば破る気でいる。悪魔の時もやったが、犀川が契約したのはあくまで俺の魂のフェイクだ。向こうはこの契約を守らなければいけないが、こっちはそうじゃない。と言っても、こちらから何かする気はない。あくまで、念のためだ。

それより重要なのは、二番目だ。俺の戸籍を戻せる人物と会わせること。犀川は契約である程度信用できる状態にあるが、そいつは別だ。そいつとも会って契約する必要がある、もしそれを断られれば、支配の魔術を使う必要も出てくるだろうな。

「ところで、犀川。このスキャンはいつ終わるんだ？」

「んー、もう少しですよ」

三度目だな、その台詞《せりふ》は。

「そういえば、研究っていうのは具体的にどんなことをしてるんだ？　そんなお偉いさんにまで認められるような成果っていうのは、なかなかだろう」

「退魔石の改良とかですね。今、日本で使われてる退魔石のほとんどは私が改良した物です」

「退魔石……魔物が近づかないようにするやつか？」

「そうです。元々はそこそこの魔物だと余裕で近づいてきちゃってたんですけど、改良した物だとかなり強くないと近づけないですね」

なるほど。すごいんだろうな。

「あ、本当にもうすぐ終わりますよ」

「そうか」

俺は目を開き、何度も体の周りを行き来するリングがまだ元気に動き回っているのを見た。

「はい、終わりです。お疲れさまでした」

「あと、血はこれに入れればいいんだな？」

「そうです。これどうぞ」

動き回る機械が血を抜こうとしてきたが、針が通らなかったので俺が自分で血を入れることになっていた。

というわけで、俺は受け取ったナイフで手首を切った。

「ちょっ、豪快に切りますね!?」

「深めに切らないと勝手に塞《ふさ》がるからな」

手首に深く入った傷。どばどばと流れていた血はすぐに止まり、骨まで届いていた断裂は修復され、十秒も経つころには完全に治っていた。

「……それ、痛くないんですか？」

「慣れた」

これより痛い思いなんて山ほどしてきた。今更、この程度の痛みは何も思わない。むしろ、再生時の気持ち悪さの方が上だ。

「もう一回だな」

瓶の半分にも届いていなかったのでもう一度切り裂いた。思ったより早く傷が塞がったので、今度はさっきよりも強く切った。

「……痛そうですね」

「やってみるか？」

視線を向けると、犀川はぶんぶんと首を振った。どうやら、痛いのは嫌いらしい。

「終わりだな」

瓶に貼られた白いテープの位置まで血が届き、俺は血にぬれた手首をそのまま服の裾で拭った。この服は勝手に浄化されるので、汚しても問題ない。

「ありがとうございました。一応、身体能力のデータならすぐ出ますけど、見ていきますか？」

「あぁ」

せっかくだからな、見ていこう。犀川が別の部屋に消えたので、俺はスキャン用のベッドに横たわった。

ベッドの上で目を瞑ると、この星に帰ってきてからの情景が次々に思い浮かぶ。

「……悪魔、か」

目を開き、考える。炎の悪魔、アウナス。アイツは一体、なんだったんだろうか。

「召喚者がいなかった、か……」

明らかに変だ。思えば、あの街中でのコボルトの発生も変だった。あんなところでコボルトを放ったところで大した被害は与えられないのはわかり切っているはずだからな。

「結果、出ましたよ」

「ん、早いな」

俺は思考を打ち切り、体を起こした。

「これが結果です、好きなだけ見ていいですよ。持って帰っても大丈夫です」

「……あぁ」

並ぶ英単語と大量の数字と評価欄にはS＋の文字。STRだとか、VITだとかAGIだとか、ゲームで見たことがあるような単語が並んでいる。しかし、その横に書かれた数字がどの程度のものなのか俺には全くわからない。S＋は恐らく最高評価の意味だろう。

「わからん。説明してくれ」

「まぁ、これに関しては知らなくても仕方ないですね。これは私が作ったステータスシートというもので、専用の器具で体をスキャンすることでゲームのステータスのように身体能力を算出することができるんです」

こいつが作ったのか。ゲームとか好きなのか？

「このSTRってのは筋肉量か？」

「いや、それは純粋な身体能力だけで計算された最大破壊力です」

最大破壊力？　俺は首を傾げた。

「例えば、老日さんのSTRだと高層ビルくらいなら軽く一撃で破壊できるってことになりますね。評価がS＋になってると思いますが、想定された最高評価がSなので、S＋は実質的な評価不能ですね」

「確かに、そのくらいならできるだろうな」

だが、ビルを一撃で倒壊させる程度なら同じことができる人間も少しはいるはずだ。あの少年……黒岬なら恐らくできる。

「次に、ＶＩＴは肉体の装甲力です。皮膚、筋肉、骨、これらの総合的な耐久力を数値化したのがＶＩＴです。老日さんはＳ＋なので、高層ビルが頭から落ちてきても死なないですね」

どのくらいの高さから落ちてくるかにもよるが、臓器までダメージが到達することはないだろうな。というか、その高層ビルをやたら例えに利用するのはなんなんだ。

「ＡＧＩは敏捷性《びんしょうせい》。これは結構評価が難しい項目なんですけど、単純に足の速さとしています。老日さんはＳ＋なので一〇〇メートル走も一秒未満で走れますね」

「あぁ、余裕だな」

わかってはいたが、聞いたところで知らない自分に出会えはしないな。

「悪いが、残りはザッとでいい」

「そうですか？　ＨＰは生命力、回復力やどの程度の損傷まで死なずに耐えられるか。ＭＰは体内魔力保有量。ＩＮＴは魔力変換効率。ＤＥＸはちょっと意味が違いますけど動体視力。ＭＮＤは魔力や魔素に対する耐性。ＥＸＰは魔素保有量。ＬＶは魔素によって高められた階位です。老日さんはどれもＳ＋なので多分人間じゃないですね。ＥＸＰに関してはちょっと意味がわからないです。最高クラスのハンターでもこの百分の一あるかないかくらいじゃないですかね。魔物、殺し過ぎじゃないですか？」

最高クラスのハンターでもそのレベルなのか。俺が異世界にいた期間は五年だが、数十年戦っていた奴もいると考えれば俺と同レベルの奴もいておかしくないと思っていたが……いや、そうか。魔王も邪神もその眷属《けんぞく》共も全員殺してきたんだ。質が違うんだろう。

「それと、魔素……ＥＸＰについてだが、俺の五十分の一程度の奴は見かけたぞ。ダンジョンコアを取り込んだらしい」

俺もダンジョンコアを取り込んだことは何度かあるが、一度にあそこまでの魔素は吸収できなかった。黒岬はやはり、この世界では特異な存在なのかもしれない。自分でも言っていた通り。

「それは興味深いですね……名前とかわかりますか？」

「知らないな」

一応、プライバシーは守ってやろう。あの調子ならどこかに目をつけられるのも時間の問題だろうが。

「魔素が五十分の一ということは……ＬＶは五分の一程度、ですかね」

そうだな。素の身体能力は俺の五分の一程度はあるだろう。

「まぁ、結果はそんなところか？」

「はい。それと、これはあくまで魔素と筋肉量だけでの計測なので実際の戦闘力は大きく変わると思います」

「魔力による強化、気による強化。なんでもあるからな」

そもそも、俺の本領は魔術と……聖剣だ。身体能力だけなら俺より上の奴なんて山ほどいた。俺は向こうでは割と小賢《こざか》しく戦ってきたんだが、身体能力で最強というのは変な感覚だな。そのズレが戦闘に支障をきたさなければいいが。

「そういうわけで連絡先……携帯、持ってますか？」

「いや、ないな」

「それなら…………これ、どうぞ」

向こうの部屋から持ってきたのは一台のスマホ。そこまで形状は変わっていないが、明らかに魔道具だ。しかし、機械でもある。面白いな。こいつからもらった物というのは信頼できないが。

「これ、そのまま使えるのか？」

「はい、特に何も弄ってないのでほぼ新品と思ってもらって大丈夫です」

俺は受け取ったスマホの電源を入れた。

「……これ、充電口なくないか？」

「はい。空気中の魔力を電力に変換するので充電器は不要です。ただ、消費が激しいと空気中の魔力だけじゃ回復が間に合わないので、そういう時は自分の魔力を注いでください」

なるほど、すごいな。技術の進歩。

「ＬＩＮＫ、入ってますよね？」

「あぁ、入ってるな。というか、このアプリまだあるんだな」

俺は緑のアイコンをタップし、すぐに登録を終わらせると、近くの端末をフレンド登録するという項目を見つけた。さすがにレイアウトは多少変わってるな。

「これだな？」

「はい、画面出てますよ」

あぁ、犀川翠果。向こうには老日勇。これでお互いに了承すれば登録完了というわけだ。

「オッケーです。それじゃあ、明日は空いてますか？」

「あぁ、空いてる」

犀川は頷き、スマホをポケットに戻した。

「もしかしたら、明日には会えるかもしれません」

「……俺の戸籍を戻せる奴に、か？」

俺の問いかけに、犀川は頷いた。

明日会えるのか。もしそうなら、話が早いな。

「そうか、わかった」

「とりあえず、今日はお別れということで……ふぅ、疲れましたね」

疲労の原因は俺との交渉か。犀川は息を吐いてスキャン用のベッドに腰かけた。確かに、やろうと思えば一撃で体を粉微塵《こなみじん》にできる相手と交渉するのは精神的に負担がかかるかもしれない。対面している時はそれを感じなかったが、彼女も人の子ということだろう。

「あぁ、そうだ。ここで寝てもいいか？　どうせ、明日合流するんだよな？」

「え、ここでですか？　まぁ、別にいいですけど……はい」

よし、今日の寝床は確保できたな。前にホテルに泊まってわかったが、俺はチェックインやチェックアウトのやり取りをするのが好きじゃない。経験がないからかもしれないが、謎の緊張感がある。

「じゃあ、私は帰りますけど……荒らさないでくださいね」

「あぁ、わかってる」

ガチャリ、ラボを出ていった犀川。俺はスキャン用のベッドに横たわり、スマホを虚空に放り込んだ。

「……このスマホもできるだけ早く替えないとな」

アイツのことだ、どうせGPSとか盗聴器とか仕込んでるはずだ。

「まぁ、とりあえず……寝るか」

俺は布団のないベッドで目を瞑った。

◇

暗い部屋の中、男がモニターに表示された画面を見ている。

「コボルト、ゴブリン、オーク……対処されたが、想定内」

男はマウスを操作し、画面を変える。

「ゴエティアの悪魔……これの対処は、想定外だ」

男はさらに画面を切り替える。

「被害なし。異界内で狩猟者によって討伐されたものと思われる……か」

男は息を吐き、ＰＣの電源を落とした。

「話が違うぞ……ソロモン」

男は僅かに怒りの表情を浮かべながら部屋を出ていった。

◇

ラボに人が入ってきたので俺は目を覚ました。犀川じゃないな。俺は完全なる不可視《オールモスト・インヴィンシブル》により姿を消した。目の前を制服を着た男が通っていく。

「あれ……いない？　おかしいな」

ん、もしかして俺を捜してるのか？　犀川から伝言でも託されているのかもしれない。

「アンタは誰だ？」

俺は術を解き、奥の部屋から現れたように見せかけて聞いた。

「え、ぃ、いや……貴方こそ誰ですか？　制服も着てませんけど」

しまったな。捜していたのは俺じゃなかったらしい。

「俺は老日。犀川に呼ばれて来ただけだ。話は聞いていないか？」

「あぁ、犀川さんが……外部の人を何回ラボに入れれば気が済むんだ、あの人」

よし、ごまかせそうだ。

「あれ、でも……一番乗りでここにいるみたいですけど、どうやって入ったんですか？　鍵、持ってませんよね？」

面倒くさいな、気づくなよ。

「さっきまで犀川がいたんだ。アンタも犀川を捜しに来てたんだろ？」

「あぁ、なるほど。いや、すみません。ここは犀川翠果のラボですから、奪われたら困る物なんて無数にあるんです」

俺は頷きながら、スマホを取り出して犀川に話を合わせるようにＬＩＮＫでメッセージを送っておいた。

「こんにちは～、お待たせしてすみません」

早いな。メールを送った数秒後に犀川はラボに入ってきた。

「犀川さん、おはようございます。彼は一体？」

「あぁ、彼はハンターで、ちょっと研究に協力してもらってるんです」

男は真っ先に犀川に挨拶《あいさつ》し、とりあえず俺の正体を問い詰めた。

「それで、老日さん」

犀川は俺に近づき、耳元で小さい声で話しかけた。

「もうちょっとしたら授業なので、このままここにいたら結構暇になりますよ？」

「そうか。だったら外で暇を潰してくる。終わったら……というか、準備ができたら連絡してくれ」

「はい。それで、例の人なんですけど、十九時に集合でいいかとのことです」

「わかった。それでいい」

俺はそう言ってラボから出ていこうとすると、敵意のある視線を向けられていることに気づいた。

さっきの少年だ。犀川に対しては敬愛の念を抱いているように見えた。俺に敵意を向けているのは
こいつが耳元で話したりなんてしたからだろう。

「じゃあ、また後でな」

「はい、また後で」

俺はラボを出て、何をしようかと考えた。まだ朝六時だ。相当暇があるな。

「まぁ、狩るか」

特殊狩猟者としての本分を果たすとしよう。財布もまだまだ心許《こころもと》ない。

◇

というわけで、俺はまた旧白浜異界にやってきていた。戸籍が元に戻るならそこまでこそこそと
動く必要もないかもしれない……が、完全なる不可視《オールモスト・インヴィンシブル》は使っておくことにした。
「……前はあれでもそこそこ驚かれたな。まぁ、始めたてのハンターが狩る獲物じゃなかったか」
とはいえ、一度はそれを狩った以上、もうそれ以下を狩って取り繕うのは無意味だ。昨日と同レ
ベルの魔物を狩ろう。
「ひとまずは、気配だ」

俺はその場にあぐらをかき、意識を集中させて森の魔物の気配を探った。

「……なんだ？　やけに人が多いな」

いや、そうか。悪魔が出現したから調査に来ているのか。しかし、こういうのって森を封鎖したりとかしないんだな。もう死亡が確認されてるからセーフってことか？

「まぁいい、とりあえず……飛ぶか」

俺は標的の背後に転移した。

目の前には青い肌のオーク。ノーブルオークだ。

「二度目で、悪いが」

昨日のとは別個体だとは知っているが、そう言いながら俺はノーブルオークを殺し、虚空に収納した。例のごとくオークが混乱し出す。

「さて、次は……ん？」

この森で一番強い魔物と、人間。戦ってるな。

この異界の中心に生える百メートルほどもあるような高さの大樹、その近くで戦闘が起きている。

「少し……見てみるか」

俺は意識を集中させ、その戦場に転移した。

異界の森の最奥部《さいおうぶ》。大樹に囲まれた円形のフィールド。太陽の光が差し込むそこには、樹皮の鎧をまとい、体から緑の葉を生やす灰色の肌をしたオークがいた。目は緑色に輝き、頭には葉の冠が載っている。

　また、木々の間からたくさんのオークがそれを観戦している。隙を狙っているわけではなく、本当にただ見ているだけのようだ。

「あれは……あっちでは見たことがないな」

　そのオークは人間基準では十分太いが、オークにしては細身で、しかも長身だった。その手には二メートルほどもある皮を剥いだ木のような白い柱状の棒が握られていた。植物を操り、強靭《きょうじん》な肉体を持つ的なことが本に書かれていたはずだ。

「ボグ・オーク、だったか」

　そのオークと相対する人間。それは黒い短髪の少女だった。手にはボロボロにさびついた刀を握っている。なんなら、服もボロボロだ。穴だらけの薄汚れた黒いTシャツとズボン。髪もぼさついていて、少しみすぼらしく見える。

「ブォ」

　そのオークが棒を地面に叩きつけると、少女の足元から根が伸びてその足を掴もうとする。しかし、少女はそれを察知した瞬間に逃れた。

「ブォォ」

　もう一度オークが棒を叩きつける。今度はオークの足元の地面から無数の巨大な蔦《つた》が生え、少女を捕らえようと伸びた。しかし、少女は華麗な身のこなしで全てを躱《かわ》し、ボグ・オークに迫る。

「しッ、ヤァッ！」

　斬りかかる少女。ボグ・オークはそれを受け止めようと棒を構えるが、刀はそれをすり抜けるように避《よ》けて灰色の体を斬りつけた。皮膚が裂け、黒い血が噴き出す。うまいな。

「ブォォ」

ボグ・オークはその傷を気にすることもなく棒を振り回しながら少女に迫る。

「ふッ！」

少女はその棒を華麗な身のこなしで回避しながらその棒の上に乗り、そのままボグ・オークに斬りかかる。

「やぁッ！」

「ブォオッ!?」

少女のさびついた刀はボグ・オークの目を斬りつけ、その視力を奪った。

「ハァ、ハァ……決め、るッッ!!」

片目を押さえるボグ・オークに斬りかかる少女。しかし、その瞬間オークは醜悪な笑みを浮かべた。ボグ・オークは振り下ろされる刀に、思い切り白い棒を振り上げた。

「硬いな」

ガチン、木とは思えないような音を出して刀を弾く棒。武器を弾かれ、衝撃で後ろにのけ反る少女にボグ・オークは白い棒を振り下ろす。

「ッ!!」

後ろにのけ反り、足元が不安定な状態からでは回避は間に合わない。少女はそのボロボロの刀を横に構え、白い棒を受け止めようとした。

「ブォオッ!!」

「ッ！」

一瞬だけその衝撃を受け止めた刀だったが、既にさびつき、くたびれていたそれはついに寿命を迎え、その刀身は粉々に砕け散ってしまった。

「まずいな」

刀を犠牲にしてボグ・オークから距離を取ることはできたが、逃亡は囲んでいるオークたちが許さないだろう。この決闘はどちらかが死ぬまで終わらないということだ。

「……もう少し、見てみるか」

少女にはどうやらかなりの技量がありそうだった。その技術に身体能力……魔素が追い付けば物になるだろう。

しかし、彼女に今足りないものは明白だ。

「ブォオ……」

「ッ！」

ジリジリと弄《もてあそ》ぶように距離を詰めていくボグ・オーク。少女は後退《あとずさ》りするが、背後に大量のオークが近づいているのに気づき、足を止める。

「ッ!?」

少女の目の前に、ズサリと一本の刀が突き刺さった。

「刀……？」

黄金の刀身に、黒い柄。黄金の鍔《つば》には黒い桜の花びらが四つ、墨を落としたように描かれていた。まるで芸術品のようなそれは刀としては少し小ぶりで、小太刀《こだち》と言える物だ。しかし、彼女の身長にはこれくらいがちょうどいいだろうと思い、この刀を選んだ。

「ブォォ……？」

不思議そうに首を傾げるボグ・オーク。しかし、少女は迷いなくその刀を地面から抜き、一瞬でボグ・オークまで距離を詰め、斬り上げた。

「ブォォッ！」

驚きつつも、なんとか防御を間に合わせるボグ・オーク。横に構えた白い棒は刀の進路に立ち、その太刀筋《たちすじ》を阻み……真っ二つに両断された。

「ブ、ブォ――――ッ」

当然、その棒の先にいるボグ・オークも刀の餌食となり、頭を真っ二つに斬り裂かれた。

「……何、これ」

少女は呆然と自分の持つ刀を見る。

「ブ、ブモォッ!?」

「ブモォッ、ブモォッ！」

オークたちのボスを倒した少女。決闘は確かに終わった。しかし、それを見届けていたオークたちは彼女をただ見過ごしてはくれないようだ。

「ブモォッ!!」

「ブモォオオオオッ!!」

リーダーを倒されたオークたち。残ったのは外敵のみ。自分たちの縄張りを守るため、彼らは武器を持って走り出した。

「ッ、この数は……ッ！」

冷や汗を浮かべる少女。彼女を囲むオークの数は優に百を超えているだろう。しかも、その中にはノーブルオーク等の上位種の姿もある。

「……やるしか、ないッ!!」

駆け出した少女。その手に握られた黄金の刀を振り抜くと、目の前のオークの首が呆気なく飛んだ。だが、その間にもオークたちは少女に迫っている。

「ッ、もう囲まれてる……ッ！」

立ち止まり、周囲を確認する少女。そこに全方位から襲いかかるオークたち。一斉に振り下ろされる棍棒《こんぼう》や槍を避け切るのは至難の業だ。

「ッ⁉」

絶体絶命の状況。その瞬間、彼女の持つ刀の鍔に描かれた黒い桜の花びらが四つ、刀から飛び出してひらりと宙を舞った。

「ブモォッ⁉」

「ブ、ブモォッ！」

四枚の花弁。それは少女を守るように四方に展開し、巨大化して盾となった。

「何、これ」

オークたちの攻撃を防いだ花弁はひらひらと刀の鍔に舞い戻っていく。お互いに呆然としていた少女とオークたちだったが、先に動き始めたのは少女だった。

「ブモゥッ!?」

黄金の刃がオークの首を刎ねる。それに連動するように黒い桜の花弁が飛び出し、周囲の四体のオークの喉笛を切り裂いた。

「……そういうこと?」

もう理解したのか。早いな。

「……こう、すれば」

少女が目を瞑り、刀を握ると、黒い四つの花弁がヒュンヒュンと舞い、次々にオークの喉元を貫いていく。既に気配を見る技術は完璧のようだ。

「ブ、ブモォッ!?」

「ブモォォォッ!?」

「ブモォッ! ブモォ! ブモォオオオッ!!」

阿鼻叫喚の様相を呈するオークたち。彼らは殺戮《さつりく》されていく同胞を見て恐怖の表情を浮かべ、蜘《く》蛛《も》の子を散らすように逃げ始めた。

「……勝った」

森の中、太陽の光が差し込む場所。誰もいなくなったその空間で少女は呆然と呟いた。

「この刀……なんなんだろう」

ボーっと刀を眺める少女。それを見て俺は思い出した。

「ッ、何……？」

ボトリ、地面に転がったのはその刀の鞘《さや》だ。危うく忘れるところだった。刀も特殊な代物だが、この鞘も特別製だ。これに刀を収めておけば特別な手入れをせずとも、傷は直り、刃こぼれは修復され、汚れを浄化してくれる。これがあればさびることもない。

「……鞘」

少女は地面に転がったそれを拾い上げ、刀をこなれた動作で収めた。

「……誰、なんだろう」

少女は不思議そうに周囲を見渡すが、俺には気づけない。と思ったが、少女は眉をひそめてこちら側を見た。

「変」

何かの違和感を感じ取ったのか、少女は俺のいる辺りを、目を細めて観察した。

「やっぱり」

少女は俺の足元を見て、そう呟いた。不自然に倒れている草。ほんの僅かに凹《へこ》んだ土。それに気づいたようだ。

「……気づかれたか」

とはいえ、問題はない。俺の場所がバレたところで、俺の姿を見ることはできない。顔がバレなければなんの問題もない。

「ねぇ」

少女は最早完全に俺の場所を認識した上で問いかけた。

「なんで、くれたの？」

まぁ、そのくらい答えてもいいか。危機を乗り越えた報酬というのがあってもいい。俺は術の一部を解放し、声だけは聞こえるようにした。

「もったいなかったからな。技術はあっても魔素が少なく、武器もさびついていた。このままここで死ぬのは、もったいないと思った」

「……返さなくて、いい？」

そう言いながら強く刀を抱きしめる少女に、俺は思わず苦笑を浮かべかけた。

「あぁ、構わない。強くなって、それ以上の刀を見つけたら返してくれ」

「わかった。じゃあ、名前は？」

あぁ、返すってことはそうなるよな。

「……前言撤回だ。返さなくていい。友達にくれてやれ」

「ふっ、面白い。刀の人」

刀の人……まぁ、名付けられる要素はそれくらいしかないか。

「あぁ、代わりではないが、その刀の名前は教えておく」

俺がそう言うと、少女は黙って耳を傾けた。

『黒桜小金丸《こくおうこがねまる》』だ。そのままだろ？」

「うん。でも、いい」

名前を聞くと、少女は柔らかい笑みを浮かべて刀を抱きしめた。

「ありがとう、刀の人。大事にする」

「あぁ。それと、気は使えるか？　闘気だ」

俺が聞くと、少女は首を振った。

やっぱりか。

「……使えない」

「あれだけ気配を察知できるなら、闘気を扱う素養は既にあるはずだ。金を払えば協会でも受講できる。習っておけ」

闘気さえ扱えれば飛躍的に強くなるはずだ。このタイプなら、いったん魔術はパスしてもいいだろう。

「……刀の人に教えてほしい」

そう来たか。

「……闘気の練り方のコツだけ教える」

まぁ、少しくらいならいいだろう。

「まず、闘気というのは自身の体と同質の純粋なエネルギーだ」

「同質って？」

「要するに、自分の闘気は自らの血肉と同じようなものってことだ。闘気は自分の体の一部だと思え。その方が扱いやすい」

少女は説明に納得したのか、頷いた。

「そして、闘気というのは実は魔力を利用した力だ。体外の魔力を吸収した時、それを魔力から闘気に変換することができる」

魔術士は吸い込んだ魔力をそのまま自身の魔力に変換することに慣れているので、魔術士が闘気を扱うことは難しく、闘気使いが魔力を扱うことは難しい。故に、この二つの力を同時に扱える者は珍しいのだ。

「魔力の存在はどのくらい認識できている？」

「なんとなく、くらい」

それならいけるな。

「まず、これが闘気だ」

俺は少女に近づき、その手を握った。少し驚いていたようだったが、そのまま闘気を少しだけ流す。

「……すごい」

少女は目を瞑り、闘気の存在を確かに感じ取った。

「そして、これを自分の体で作る方法だが……最初はあぐらをかいてやるのが楽だな」

俺がそう言うと、すぐに少女はあぐらをかいた。

「手の平が上向きになるように組んで、丹田《たんでん》の辺りに触れるようにして置く。頭が下を向くくらいまで体を前に傾ける。そして目を閉じる」

猫背で瞑想しているかのような体勢になった少女。だが、これが最適の形だ。

「次に、深呼吸だ。何度でも繰り返せ」

「すぅ……ふぅ……すぅ……」

素直に深呼吸を始めた少女。もうすぐだな。

「魔力の存在を認識できているなら、この時点で空気と共に魔力が吸収されているのがわかるはずだ。わかるか?」

少女はコクリと頷いた。

「それが体中を何度も回っていることを実感できるあたりまで深呼吸を繰り返したら、丹田の辺りでそれをとどめるように意識してみろ」

いいな。早速できてる。少しずつ、魔力が丹田を中心に体内を渦巻くように変化していく。

「思い出せ。さっき感じた闘気を思い出せ。イメージしろ。魔力を丹田にとどめたまま回せ」

……変化がないな。少し、難しいか。

「いいか、これは最初だけだ」

俺は地面にあぐらをかく少女の腹部、丹田辺りに触れ、魔力を僅かに闘気に変質させた。

「ッ!」

「来たか」

するど、見る見るうちに丹田に貯まっていた魔力が闘気にどんどんと変化していく。魔力が分解され、純粋なエネルギーに変わり、少女の体内に馴染《なじ》み、彼女自身の闘気と化していく。

「闘気は魔力のように属性や性質が変化しない純粋なエネルギーだ。火を出したり水を出したりとかの自由は利かないが、その分出力は高く扱いやすい」

「すごい……これが、私の闘気」

少女の体から、うっすらと湯気のようなオーラが立ち上った。

闘気は基本的に魔力のように術式等を必要としない制御しやすいエネルギーだ。これはさっき言った自身の体と同質というのと関係がある。闘気は自身の体を動かすように扱える力ということだ。

「一度、全ての闘気を吐き出して最初からやってみるといい」

「わかった」

少女はふぅぅと深く息を吐き、一息で全ての闘気を放出した。この時点で既にセンスがあるな。

「……すぅ……ふぅ……」

もう一度深呼吸を始める少女。すると、すぐに丹田で闘気が練り上げられていく。

「……できた」

「早いな。いいぞ」

そして、少女は俺が言うまでもなくその闘気を全身に巡らせた。

「……すごいな。俺の数倍センスがあるぞ」

「良かった。私、強くなれる？」

「あぁ、間違いないな」

俺が言うと、少女は嬉しそうに頷いた。

「もう一度詳しく言っておくが、その丹田で魔力を回しながら練るというのが重要だ。丹田を中心に魔力が渦を巻いているように、全身の魔力を丹田に集めてそこで魔力を回すんだ。これが最速で魔力を闘気に変換するコツだ」

「うん。わかってる」

まぁ、このくらいでいいか。

「闘気の圧縮や拡散、その他の技術は協会で習うといい」

「でも、私……お金ない」

確かに、服も刀もボロボロだったからな。そんな感じはした。

「大丈夫だ。ボグ・オークの死体を売れば金になる。必要な部位はわかるか？」

「確かに、これでやっとお金が……うん、わかる。大丈夫」

かなり金に困っていたようだな。まぁ、これからは困らないだろう。自分の腕だけで稼げるはずだ。

「……そういえば、剣は誰に習ったんだ？」

「おじいちゃん。天日流《てんにちりゅう》っていって、まだちゃんと技は使えないけど……今なら、できるかも」

やっぱり、ちゃんと流派がある剣だったのか。

「じゃあ、頑張れよ。いつか強くなって、有名になったら日本のどこかで俺が喜んでいると思ってくれ」

「うん。私……いつかは、この刀にふさわしい人になる」

　どこか負い目を感じているような表情を見て、俺は首を振った。見えてはいないだろうが。

「その刀にふさわしいと思ったから渡したんだ。それはここまで技術を磨いてきたアンタへの正当な報酬だ。心配しなくても、そのまま鍛錬を積めば扱い切れるようになる」

「……優しいね、刀の人」

　この歳でこれだけの技量を持つ剣士があんななまくらを持っているのが嫌だっただけだ。この刀を渡したのは優しさじゃなくて、ただの俺のエゴというものだろう。

「それと、服は後でこれに着替えておけ。それよりは多分マシだ」

　そして、これは俺の純粋な優しさだ。さすがに年頃の少女がこの格好はまずいだろう。ギリギリファッションと言えなくもないが。

「ありがと、刀の人」

　異世界の服であるため、ファッション的にはアレだが、無地なので目立ちはしないだろう。ちなみに、この服には特に効果はない。普通の服よりはよっぽど頑丈ではあるが、その程度だ。

「八研御日《やとぎみか》。私の名前」

　ミカか、覚えた。

「もし、私が立派なハンターになったら……私に会いに来てほしい」

「……そうだな。二級以上になったなら会いに行く。その時は、祝いの品でも持っていくか」

俺がそう言うと、ミカは微笑んだ。

「うん。楽しみにしてる」

「あぁ、俺も楽しみにしてる」

協会に所属する特殊狩猟者には一級から七級までの階級が存在する。一級、準一級、二級と上から三番目のこの階級にたどり着くのは並大抵のことではない。が、俺は彼女ならそこにたどり着くだろうと確信を持っている。

「じゃあ……またいつか、な」

「うん。また、刀の人」

俺は別れを告げ、そして次に狙いをつけていた標的の背後に転移した。

◇

狩りを終えた俺は、そのまま協会で素材を売ることはせずに東京へ向かった。今、協会に行くと事情聴取とかで時間を取られて面倒なことになる可能性がある。

「どこか、協会の関与なく素材を売れる場所……まぁ、そんなに急いで売る必要もないんだが」

今のところ、俺の家はないので家賃や光熱費等はかからないし、食料においても余裕がある。風呂も魔術で体を浄化してしまえば終わりだ。寝床に関しては、正直どこでだって寝れる。

「問題は、そんなものが文化的生活とは決して言えないことだな」

東京は人が多いな。電車には乗りたくなかったので走ってきたが、街でこれなら電車は大変だろうな。

「さて、どうやって探したもんか」

と、そこまで言って俺は気づいた。

「あったな、文明の利器が」

俺は道の端に寄り、虚空からスマホを取り出した。そして、素早く検索していく。

「この検索とかも犀川に監視されてる可能性が……さすがに、考え過ぎだな」

思考を振り切り、ネットの海をさまよっているとそれっぽいものを見つけた。地下にある店で、素材から武器、ポーションまでなんでも買い取ってくれるらしい。

「こっちか」

すぐにマップアプリに連動し、見つけた店の場所へのナビを開始した。

「近いな。すぐだ」

しばらく歩くと、俺はビルの脇に地下に続く階段を見つけた。明らかにここだ。しかし、看板の類いはない。

「……行くか」

暗い地下への階段。少しちゅうちょする部分はあるが、俺はその階段を降りることにした。

「木の扉、か」

随分、雰囲気を大事にする奴らしい。

「っと、忘れるところだったな」

俺は虚空から大きめの袋を取り出し、そこに魔物の素材を放り込んだ。こうしておかないと不自然だからな。さすがに店員の目の前で何もない空間から魔物の素材を取り出すわけにはいかない。

「さて、入るか」

木の扉を押すと、ギィと軋《きし》む音が鳴った。

軋む扉が開き、俺は店内に入り込む。中は狭く、木造の温かな雰囲気がある店だった。

「どうも、お客さん。何を売ってくれますか？」

出迎えたのは男だ。若いともそうでないとも言い難い、なんとも曖昧な雰囲気の男だった。だが、たたずまいから戦闘経験が浅くないことは確かだ。

「魔物の素材だ」

「ふむ、なんの魔物を売っていただけますか？」

俺は袋をどさりとカウンターの上に置いた。

「この中身だ」

「なるほど、確かめさせていただきます」

言葉通り、確かめ始めた男。どこかに座ろうかと思ったが椅子もない。全体が木の温かみのある空間だが、若干暗く、客側のスペースが狭い。

「……そういえば、なぜ店の前に看板を置いてないんだ？」

「んん、なぜですか？　それは、その方が面白いからですよ」

俺が怪訝そうな目をすると、反対に男はにやりと笑った。

「お客さんは携帯で調べてここに来た口ですよね？　暗い地下への階段なんてただでさえ近寄り難いのに、その上看板もないとなればとても入りづらいことでしょう」

「……そうだな」

何が言いたいのかいまいちわからないが。

「別に、買い取り屋なんて探せばいくらでもあるんですよ。それなのに、態々この扉を開けて入ってきた貴方は選ばれしお客さん。ただの客と店主、普通なら記憶にとどまりすらしないような邂逅《かいこう》ですが、しかし。その出会いが全て特別なものなら……楽しいでしょう？　まぁ、私の商売は半分趣味ですから、遊びが要るんですよ」

まぁ、言いたいことはわからなくもない。

「実際、ここに来るお客さんは面白い物を売ってくれる方が多いんです。素材以外でもね」

「そうか」

俺は短く返事を返し、視線をそらした。

「そんなところで、お客さんは何か面白い物は持っていらっしゃいませんか？　価値のある物でもない物でも構いませんよ」

「……その袋の中身は面白くなかったか？」

俺が聞くと、男は笑った。

「いいえ、とっても面白かったですよ。これらの魔物……一体どうやって殺したんでしょうか。普通、これだけの量の素材ならどれかは古くない傷が付いているはずですが、貴方の持ってきた素材はどれもそれがない」

「……売れる部分は傷付けずに殺すなんて、当たり前だろう」

「えぇ、それを心がけるのは当たり前のことです。しかし、全ての相手をそうして狩るのは簡単ではないですよ？　故に、貴方には興味が湧きます」

「そうか」

俺は短く答え、話を打ち切ろうとした。

「なので、そんな貴方なら……もっと、面白い物を売ってくれると確信しているんですよ、私は」

「そうか」

拒絶するような俺の態度に、むしろ男は笑みを強めた。

「なんでもいいので、面白い物を売ってくれたら素材を全部二倍の価格で買い取りますよ？」

「アンタ、いっつもそんな感じなのか？」

男は笑みを浮かべたまま頷いた。

「……まぁ、面白いかは知らんが」

このまま査定が終わるまで言われ続けるのも面倒なので、俺はポケットから取り出すフリをして折り畳み式のナイフを取り出した。

「ほう……ナイフ。しかし、切れない。なまくらではないようですが」

　魔物の素材を放置してナイフを触り出す男。カウンターを擦《こす》っても指に当てても切れないそのナイフに首を傾げる男。

「……あぁ、なるほど」

　いろいろ試してから男は気づいた。

「金属だけが切れるナイフ、ですか」

「そうだ」

　どこからか取り出した別のナイフに俺が渡したナイフを当てると、簡単にその刃は真っ二つになった。

「ふふふ、これは確かに面白い。それに、ただの玩具というわけでもない……想像以上に価値の高い物が出てきましたね」

「まぁ、好きに買い取ってくれ」

　どうせ、魔物相手には使い物にならない代物だ。対人戦ではそこそこ使えるだろうが、対人戦の機会がこの現代日本でどの程度あるかと考えれば、微妙だな。

「えぇ、高く買い取らせていただきますよ。金属ならば大抵の物は豆腐のように切り裂ける……他に見たことがない、正に面白い物です」

「一応言っておくが、たとえ対象が金属でも魔力による耐性を持たされた物なら、それを打ち破る何かがない限りそのナイフの効果で切り裂くことはできない」

　要するに、対人戦でも相手によっては無意味になる可能性がある。

「ふふ、貴方は戦闘時を常に想定しているようですが、それ以外の用途もありますよ。誰でも機械を使わずにほぼ全ての金属を加工できるんですから、買い手は探せばいくらでも見つかりますよ。これ自体を研究したいという方もいるでしょうからね」

「確かに、そうだな」

……なんというか、俺は意外と脳筋なのかもしれないな。

「それで、どれくらいになりそうだ？」

今日はそこそこ狩ってきたので、いい金になるはずだ。しかも、素材は二倍で買い取ってくれるらしいからな。

「素材とナイフ、合わせて六十五万ですかね」

「高いな」

思わず言葉を漏らすと、男は笑って首を振った。

「適正価格ですよ。むしろ、ナイフの売り値によってはこれですら安い可能性もあります」

「売れるつてはあるのか？」

尋ねると、男は笑みを浮かべた。

「ありますよ。こんな商売の仕方でもまだ生きていますからね」

「そうか」

この商売は趣味のようなものと言っていたな。なら、これを始める前に何かしらのつてができたのだろう。

「現金でよろしいですか？」

「あぁ」

六十五枚の札。俺が高校生の時にはありえなかった光景だな。

「では、またのご来店をお持ちしております」

「そうだな。また来るかもしれない」

俺は受け取った札束を返してもらった袋に突っ込み、踵を返した。

「その汚れた袋に入れて大丈夫ですか？」

「洗えば問題ない」

魔術でな。俺は店を後にした。

5　交渉

東京特殊技能育成高等学校。特育、または東京特育と呼ばれる高校。その広い敷地に建てられたラボ。俺はそこの扉の前に立っていた。

「……ノックすればいいのか？」

時刻は十九時ちょうど。

俺はコンコンと二回ドアを叩いた。

「来ましたか、老日さん」

すぐに扉が開き、犀川が出迎える。

「どうぞ、入っちゃってください」

「あぁ」

ラボの中に踏み入ると、一人の女が椅子に座ってこちらを見ているのが視界に入った。長い茶髪の美人な女だ。歳は三十に届かないくらいだろうか。

「紹介します。こちらが老日さんの戸籍を戻してくれる西園寺《さいおんじ》さんです」

いかにも金持ちそうな名前だな。

「西園寺愛《あい》です。貴方が老日君ですか？」

「はい」

短く答えると、西園寺は目の前にある椅子を仕草で勧めた。

「何やら、異界にとらわれていたとか。大変だったのでしょう？」

「えぇ、まぁ」

また短く答えると、西園寺は怪訝そうな目で俺を見た。

「……なんといいますか、愛想のない方なんですね」

それを本人の目の前で言うのはどうなんだ。というか、俺は敬語が苦手なだけだ。愛想もない方かもしれないが。

「まぁ、なんでもよろしいですが……大体の話は翠果ちゃんから聞いています。異界の話と……何を対価にこの話を取り付けたのか、それを聞かせていただければ貴方の戸籍を戻しましょう」

「……えぇ」

俺が短く答えると、西園寺はため息を吐いた。

「普通に喋っていただいて構いません。多少の無礼は気にしませんので」

「そうか。なら、そうさせてもらう」

良かった。敬語は苦手だからな。

「さて、異界についてだが……正直、記憶が定かではない。ただ、ずっと暗い闇の中にいた気がする」

黒岬の話をパクらせてもらった。実際に存在した状況なら、ボロは出づらいだろう。

「異界に行く瞬間と、帰ってきた時の記憶はないのでしょうか」

「行く瞬間は覚えてないが、高校生の時だったのは覚えている。帰ってきた時も定かではないが、恐らく街の中にいた」

ふむふむと西園寺は頷き、そして目を細めて俺を見た。

「老日さん、まさか翠果ちゃんをだましてるわけではありませんよね？」

「大丈夫です、西園寺さん。既に契約によって真偽確認は済ませてますから」

犀川が即座にフォローすると、西園寺はすぐに柔らかい表情になった。

「そうなんですか？　さすが翠果ちゃん、抜け目がないですね」

「……まぁ、信じてくれたならそれでいいが」

なんでこいつ、翠果にこんな信頼があるんだ？

まぁ、だまされてくれたならそれでいい。

「それで、何を対価にして翠果ちゃんにこの話を取り付けたのでしょうか。翠果ちゃんは何もなしにこんな話を取り付ける――……」

「それに関しては、翠果に聞いた方が早いだろう」

俺より口がうまいこいつなら、俺の身体能力を隠しつつ、いい感じに言い訳してくれるだろう。

「老日さんは腕の良いハンターで、興味深い素材を持っていたので研究させてもらうことを対価としたんです」

「なるほど。確かに珍しい素材が対価ならば翠果ちゃんが食いつくのも頷けますね」

なるほど、確かにそれなら不自然でもないか。

「それで、老日さん。契約をしたいということでしたが、こちらからも条件があります。今のところ私にとってのメリットはゼロですから」

「まぁ、そうだな」

俺も何かを要求されることは想定していた。

「まず、最初に譲れない条件ですが……翠果ちゃんに害をなさないこと」

「……別にいいが」

もしかして、こいつの行動指針は翠果なのか？

なんにしろ、向こう側の条件に意味はない。なんでも受けてやろう。

「そして、また何か珍しい素材を見つけた時は翠果ちゃんに見せること。渡せとまでは言いませんが、素材に傷が付かない程度には調べさせてもらいましょう」

「……それは、アンタにとってのメリットなのか？」

俺が言うと、西園寺は少しムッとしたような表情を浮かべた。

「普通に喋っていいとは言いましたが、歳上に対してその呼び方はさすがにぶしつけが過ぎるというものでしょう」

「俺は二〇一〇年生まれだが、アンタは何年生まれだ？」

俺がそう言うと、西園寺は固まった。

「……それはずるくありませんか？」

「まぁ、善処はする。質問に答えてくれ」

西園寺はため息を吐き、犀川を見た。

「聞いておりませんか？　私は翠果ちゃんのパトロンです。つまり、翠果ちゃんの研究で結果が出れば私にも得があるということです」

「……パトロンってなんだ？」

俺が聞くと、西園寺はまたため息を吐いた。

「後援者という意味ですが。翠果ちゃんの活動を金銭的に支援しているんですよ」

「悪いな。高校生の途中で異界にとらわれたもんで、学がないんだ。俺に教養は期待しない方がいい」

「……そうですか」

俺が言うと、西園寺は少し同情的な目を向けた。

「まぁ、頭が悪くても力が強ければ生きていけるのが今の世の中だ。大して気にしてはいない」

俺がそう補足すると、西園寺は喋ることなく頷いた。

「さて、条件はそれだけか？　だったらさっさと契約しよう」

「えぇ、私からの条件はこのくらいですね」

話がまとまったのを見て犀川が契約用の紙を持ってきたので、今回は素直にそれを使うことにした。まだ、こいつの前では下手に魔術を見せられない。

◇

話し合いの末に契約を終えた俺。

今日はそのまま帰ろうと思っていたのだが、西園寺の要望により三人で飯を食いに行くことになった。

「アンタが行く場所ならよっぽど高い場所かと思ったが、ファミレスなんだな」

「別に高い場所でも良かったのですけど、今日ぐらいしか行く機会がないのでせっかくならと思いまして……それと、その呼び方はやめなさいと言ったはずですが？」

「あぁ」

俺としても格式が求められる場所よりはこっちの方が落ち着くからありがたい。

「それで、なんの話をするつもりなんだ？」

態々飯に誘ったということは、何かあるということだろう。

「えぇ、それですが……先に、老日さんの手に入れた素材について聞きたいですね。私も少し、興味があります」

「俺の手に入れた素材、か」

俺はサッと犀川に視線を向けた。犀川は難しい顔をしている。さすがの犀川でもない素材の話は不用意にできないか。

「……」

ここは、二択だな。採取した俺の血を素材ということにするか、新しく何かしらの素材を話に出すか。

前者なら犀川には新しい物を見せずに済むが、最悪の場合だと西園寺にも俺の身体能力が露呈する。

後者なら、西園寺に確認を求められた場合に実際に素材を提出する必要がある。

「まぁ、犀川がいいなら話すが……俺が採取した素材は、白にうっすらと虹色が浮かぶ石だった。魔力を内包し、電気をよく通す石だ」

この石は実際にあるし、特異な性質を持つがそこまで価値の高い物ではなかった。白虹石《はっこうせき》と呼ばれるこれは道中に無数に落ちていて、魔力を貯蔵しているので見つけ次第拾っていた。

まぁ、これなら提出することになっても問題ないだろう。

「なるほど……どこで見つけたのですか？」

「殺した魔物の中から出てきた。特に珍しくもない魔物だったからな……誰かが落とした物をたまたま魔物がのみ込んだだけだと考えられる」

ふむ、と西園寺は頷いた。

異界についてはそこまで詳しくないのか、それ以上踏み込んでくることはなかった。

「まぁ、それはいいだろう。俺は本題について聞きたい」

「そうですね……そろそろ話すとしましょうか」

同時に、店員が料理を運んできた。俺はテーブルに置かれたデミグラスオムライスを手早く引き寄せる。

CheMicaL

「あぁ、ちょっと待て。ドリンクバー行ってくる」

「……構いませんけど。水も一緒によろしいでしょうか？」

「あ、じゃあ私はホットのコーヒーで」

俺は頷き、席を立った。

すぐそこのドリンクバーでまずはオレンジジュースを注ぎ、次に二人の希望した物を注ぎ、片手にコーヒーと水、片手にオレンジジュースを持って席に戻った。

「じゃあ、今度こそ話を頼む」

俺は席に座り、続きを促した。西園寺は水の礼に頭を少し下げてから、話を始めた。

「さて、話ですが……この東京は現在、危険な状態にあります」

「危険な状態？」

俺が尋ねると、西園寺は頷く。

「翠果ちゃんには少し話していたと思うけど……そもそも、この日本の中心地である東京には常に数多《あまた》の危険な組織が潜伏しています」

マジか。

犀川を見ると、コクリと頷いた。

「そんな東京ですが……一部の危険な組織が動き出しているという話があります。街中に現れる魔物、相次ぐ拉致事件。そして、悪魔の気配」

「悪魔の気配？」

不穏な話題だな、俺にとっては。

「えぇ、天暁会《てんぎょうかい》が悪魔の気配を千葉付近で察知したとの報告がありました」

良かった。俺のことはバレてなさそうだな。

「まぁ、確かにヤバそうだな」

「確かに腕の良いハンターであるなら、その程度の感想で終わるかもしれませんね」

西園寺はため息を吐いた。

「ここからは秘匿事項です」

「……そんなこと俺に教えてもいいのか？」

俺の疑問を無視し、西園寺はかばんから手の平サイズの青いテントのような形をした物を取り出した。その三角錐《さんかくすい》の表面には幾何学模様が走っている。

「魔道具か」

魔力が流れると、その三角錐の模様が水色に光り出した。

「結界に近いな」

「……腕が良いというのは間違いではないようですね」

この手の魔術は珍しくない。この魔道具の効果は、内から外への音の遮断と存在感の希薄化だろう。この魔道具の効果範囲内では外の人間からはまるでない物のように扱われる。

とはいえ、当然ながら戦闘中に使っても大した効果はない。既に意識が向けられているからだ。

「それでは、忘れないように聞いてくださいね」

俺は静かに頷いた。

「預言の巫女《みこ》が託宣《たくせん》を賜《たまわ》りました」

預言の巫女。大層な肩書だな。

「いわく、黄金に輝く真鍮《しんちゅう》と鉄の指輪より知恵の王がよみがえる。七十二の悪魔を操る魔術の王……ダビデの子、ソロモンがよみがえる。よみがえりし王の望みは支配。その手中に収めるは、青き星そのものである、と」

「……その預言とやらは外れないのか？」

西園寺は首を横に振った。

「巫女の予言が外れたことはありません。今まで、たった一度も」

どうやら、ソロモンとやらはよみがえるらしい。もし会うことがあればゲームの画面でも見せてやろう。美少女になった自分を見た反応は少し気になるところだ。


本題の話も終わったのでそこからは本当にただの雑談だった。

飯を食い終え、会計を済ませると俺たちはいったん解散の運びとなった。次会う時までに俺の保険証を再発行しておいてくれるらしい。

「ソロモン、か」

預言の巫女とやらの話の真偽はわからないが、悪魔の件で既に向こう側には認知されている可能性がある。他人事と放っておくのは危険だろう。

しかし、犀川の協力者の立場に落ち着けて良かったな。この情報をもらえたのは、俺が犀川に利益を与える存在に見えているからだろう。

「ん?」

解散してすぐだが、ＬＩＮＫで犀川からメッセージが届いた。

『素材に関してですが、すみません。うまい言い訳が思いつきませんでした。それで、あの石は実在するんですか？　確認を求められた場合はどうします？』

「……あぁ」

俺が西園寺に話した白虹石のことだ。明らかに興味を持っているな。

『実在する。戸籍と保険証が帰ってきた暁には渡してもいい。欲しいんだろ』

『おぉ、本当ですか！　欲しいです！』

西園寺との契約は既にほごにしているようなものだからな、このくらいはくれてやるのが義理というものだろう。

『今度な』

『ありがとうございます！』

俺はＬＩＮＫを閉じ、画面を消してスマホを虚空に入れた。

「さて、とりあえず……寝るか」

空がすっかり暗くなっていることに気づいた俺は魔術によって姿を消し、持ち前の身体能力を生かしてビルの屋上に登り、横になった。
少し早いが、俺はいつでも寝れる。大して眠くなくてもな。

6 ショッピング

朝だ。ピッタリ八時間。ビルの屋上は風がすごかったが、異世界での野宿よりかは遥《はる》かにマシだったのでぐっすりと寝れた。悪くない気分だ。

「今日は……そうだな、買い物だ」

俺の使っている袋はさすがに現代感に欠けている。それに、ある程度は特殊狩猟者として不自然でない装備を持っておく必要がある。

「何を買うかは……文明の利器に頼ればいい」

俺はスマホを取り出し、狩猟者に必要な道具を調べることにした。

「ふむ……あぁ、水筒」

あと、いい加減に服も買っておくべきだな。異界用の装備もそうだが、私服も二、三着は持っておこう。肌着も向こうのやつはかなり質が悪いので買っておきたい。

「あぁ、それと新しくスマホ……身分証がない間は無理か？」

スマホの契約は本人確認書類が必要だよな。だったら、まだ無理か。

「とりあえず、先にリュックだな。それと、普通のバッグも買っておきたい。東京でいい場所を探すか」

ふむ、東京ならここで買え……？　狩猟者向け複合型施設か。よし、行くか。

俺は魔術で姿を消し、ビルからビルへと飛び移り、車よりも速いスピードでそこを目指した。

「見えたな、渋谷《しぶや》Hunter's Haunt」

ハンターズハウント、略してハンハンと呼ばれているその場所は日本でも有数の狩猟者向け施設らしく、大抵の装備はここで揃えることができるそうだ。実際、近づけばすぐにそれだとわかるくらいには大きい。飲食店やジムなんかも内包しているらしいが、今回はそれらに用はない。

「……人が多過ぎるな」

これだとどこで透明化を解いてもバレる。中に入ってからトイレとかで解除するか。

「ここが、ハンハンか。声に出すとなかなかダサいな」

二十階を超える高層ビル。そこには数多の商業施設とオフィスが収められている。とりあえず、俺はトイレに向かい、魔術を解いた。

「さて、まずはリュックだが……三階か」

俺はトイレから出て階段……エスカレーターを探す。俺はこういう施設でエレベーターに乗るのは嫌いだ。

「これが、現代か」

一階から五階辺りまでつながったエスカレーター。そこを中心に開放的な空間が広がっている。そして、人がやたら多い。狩猟者向け施設と言うからにはそこそこの大人ばかりかと思っていたが、割と高校生くらいの奴が多いな。なんなら男女の二人組も結構いる。

「……いいな」

エスカレーターに運ばれながらしみじみ呟くと、前の男が怪訝そうな表情でチラリとこちらを見た。俺は静かに視線をそらした。

「ここか」

目的の店は三階に着いてすぐに目に入った。狩猟者用リュックメーカーのアタランタはネットでの評判も良く、迷ったならここのリュックを選んでおけばいいらしい。俺は迷う段階にもいなかったが、ここのリュックを買うことにした。

「よくわからんが、一番高いのにしておくか」

ザッと店の中を見て回ると、俺はすぐに一番高いリュックを見つけた。黒くて大きい妙な艶のあるリュックだ。

「……高いな」

一番高いのにしようと思ったが、高い。高過ぎる。リュックサックのくせに二十万もするなんてありえるのか？　いや、これ魔道具か。なるほどな、それなら高くなるのも納得だ。

「にしても、二十万はなかなかだな」

俺が呟くと、俺の横に男がスラリと並んだ。店員だ。

「ですが、その価値は十分にありますよ。このリュックはアースクローラーの変異種の皮に特殊な加工を施した物で作られた特別モデルなので少し値は張りますが、容量は大きく、伸縮性にも富み、耐久性は言わずもがなといったところです。また、このリュックはなんと傷が付いても自然に再生する機能も搭載した魔道具です。また、魔道具としての効果で言えば重量を軽減し、保存状態を保つことができます。こちらダーククローラー、二十三万八千円。お買い得ですよ」

「……あぁ」

熱く語る店員の男。

しかし、今の地球の基準はわからないがこれだけの効果があって二十万というのは確かに高くはないのかもしれない。

「それで、どう致しますか？　お買い上げなさいますか？」

「……あぁ」

俺が頷くと、店員は満面の笑みを浮かべた。実際、悪くない買い物ではある。特に、再生するというところが気に入った。まぁ、五十五万も一日で稼げたんだ。金に糸目はつけずにいこう。

リュックを購入した俺は、続けて水筒と服を購入した。どちらも狩猟者用の物だが、服に関しては私服として使えそうな見た目の物も二着買った。だから、上下で合計三着ずつだ。高かった。肌着はなんかいろいろあったが、一番着心地が良さそうな物を三着買った。こっちは大して高くはなかった。

「あと、靴も買うか」

今の俺は高級そうな革の靴を履いているが、現代の服装と合わせると逆に俺には不相応だ。普通のというか、現代の靴を買っておこう。

「靴は……こっちか」

靴のメーカーだけでも店が無数にあるが、ここから一番近い店に行くことにした。と、そこに向かっている途中で一際大きな店を見つけた。どうやら宝石を売っているようだ。

「宝石屋か。こっちでも宝石を使うんだな」

向こうの世界とこっちの世界。宝石の採取量は桁違いだろうし、地球の方が宝石を触媒にした魔術の手軽さは圧倒的に上だろう。

「……ちょっと見てみるか」

俺は現代に似つかわしくないガードマンが二人もいるような店に入り、並ぶ宝石たちを物色することにした。

「あぁ、やっぱりそうか」

予想はしていたが、ショーケースに納められた宝石たちには既に術式が込められている。魔力を送ればそのまま魔術が発動するようになっている。街にコボルトが現れた時も思ったが、どうやらこの世界はまだ魔術を自分用に調整する技術が一般化していないようだ。

「教本魔術、か」

誰でも使えるそのままの形の魔術。使用には基本的に詠唱が必要になるが、魔力さえあれば誰でも使用可能であり、非常に簡単だ。向こうではこれを使えるようになるのが魔術の入門と言われていた。とはいえ、実戦であれば欠点は非常に多い。本人用に最適化されていないので詠唱が必要なほど無駄が多いし、威力も低くコストもかかる。何より、術式自体が脆弱《ぜいじゃく》になりやすい。本人の魔力と術式自体の結び付きが弱いので魔術が崩壊しやすいのだ。腕の良い魔術士ならば大抵の教本魔術は容易《たやす》く無効化できる。

「……とはいえ」

異界が現れて約三十年。魔術はまだまだ発展途上だ。存在自体は昔からあったのかもしれないが、むしろこの短期間でここまで発達したのは素晴らしいことかもしれない。

「人が多いな」

どうやら、この宝石店は意外に人気らしい。いや、意外でもないか。大して魔術の知識がなくとも魔術が使えるんだ。いろんな人間が求めるのも当然かもしれない。

「とはいえ、やはり高いな」

術式が刻まれ、特殊な加工がされている分、通常の宝石よりもかなり高いように思える。それでも買い求める人が多いのはそれだけ魅力があるのと、狩猟者自体の稼ぎの良さがあるのだろう。

「あぁ……なるほどな、こっちはまだ術式が込められていないコーナーか」

店の奥の方には、やり方を知っていれば簡単に術式を込めることができるように加工されてはいるが、まだ術式自体は込められていない宝石のコーナーがあった。しかし、平均的な宝石の出来自体は向こうの世界よりも良さそうだな。単純に加工技術が高いのかもしれない。

「……まぁ、出るか」

わかってはいたが、買う物はなさそうだ。俺は店の出入り口に歩いていく……途中で、足を止めた。

「へぇ、これいいわね」

帽子からオレンジ色の長い髪を垂らしている長身の女。流暢《りゅうちょう》な日本語だが、マスクで隠されたその顔つきは少し日本人離れしているように思えた。ハーフかもしれない。そしてこいつ、黒岬ほどではないが、魔素が多いな。それに、魔力も。こっちの基準だと結構な手練《てだ》れだろう。

「んー、たまには来るものね、こういう店も」

女の視線の先には店の中央にある柱状のショーケースに飾られた最も高価な宝石があった。ルビーのように見えるそれにはまだ術式が刻まれていない。つまり、この女は自分で術式を刻む技術があるのだろう。

「あ、店員さん。これもらっていいかしら？」

「えぇと、こちらですか？　こちらの宝石はご覧の価格となっておりまして……」

店員の言葉で、俺も思わず桁を数える。
一、十、百、千……待て、三千万？
「知ってるわ。カードでいいかしら？」

女は黒いカードをチラリと見せた。

まさか……ブラックカードってやつか？　この宝石に興味を示す時点でそんな気はしたが、よっぽどな金持ちらしい。

「は、はい。もちろん構いません。まずはこちらへ……」

僅かに動揺を滲《にじ》ませた表情で店員は女を奥へと導いた。

「な、なぁ、あの人……カーラ・エバンスじゃね？」

「は？　まさか、宝石使いか？　どこだよ。いなくね？」

「えっ⁉　カーラ様？　カーラ様どこ……？」

どうやら、有名人らしいな。まぁ、あれだけ金持ちで魔素の多いハンターなら知名度があってもおかしくない。

「皆様、申し訳ありませんが少しだけ離れてください」

ざわざわと噂《うわさ》する人々を押しのけ、現れた店員がショーケースからルビーを丁寧に、慎重に取り出す。

「おぉ……」

「ルビー、綺麗だな……」

「あの魔宝石、三千万だってよ。やべぇな」

店員が手袋をした手で取り出したルビーを、そっと白い布に載せた瞬間。黒い魔力の波が施設内を通り過ぎた。

強烈な魔力の波動。誰もが口を閉じ、施設内が静寂に包まれる。

「なんだ、今の」

訪れた静寂の中、誰かが呟いた。

「ぞわっと来たよな、なんか」

「今の、魔力だろ。しかも、尋常じゃない」

「な、なぁ、怖《こえ》えし、今日もう帰らね？」

静寂が終わり、魔力の波について話し始める群衆。

だが、俺にはわかる。

「……またか」

今の魔力は、悪魔だ。

「間違いなくこの施設内だな」

しかも、この渋谷ハンターズハウント……結界によって閉じられたな。

「今の魔力の波に気を取られて誰も気づいていない、か？」

とはいえ、もうしばらくすれば気づき出すだろう。

「下、だな」

魔力の波動は下からだった。閉ざされた施設内に召喚された悪魔。このままいけば当然死者が出るだろう。さすがに放置はできないな。

「行くか」

しょうがない、靴は後だ。

エスカレーターを降りると、一階では阿鼻叫喚の光景が広がっていた。

「クソッ、どうなってんだよッ!!」

「誰かッ、結界解ける奴いないのッ!?」

「無理だ……この結界、複雑過ぎてとてもじゃないけど解けない」

うっすらと青い魔力に覆われた壁。当然出入り口もそうなっており、そこにはたくさんの人間が群がっている。俺はそれを尻目にさらにエスカレーターを降りた。

「……なんだ？」

地下一階。何やら皆がざわつき、半数以上が上へ逃れようとしている。何より、地下二階まである この施設だが、明らかに下から戦闘音が聞こえている。音と気配だけでわかる、これは乱戦だ。悪魔が一体いるとして、これは変だ。

「おいッ、戦える奴は全員下に来てくれッ！　頼むッ!!」

下からエスカレーターを駆け上ってきた男は大声で叫び、さらに上へと向かっていった。

「急ぐか」

俺は地下二階につながるエスカレーターを飛び降りた。

「……人、か」

武器を持って戦う狩猟者たち。その相手は、同じ人間だった。

「クソッ、なんだこいつらッ！」

「ダメージ食らった奴は下がれッ、死ぬぞッ！」

「ぶっ倒れろッ、イカレ野郎共がッ!!」

黒いローブをまとった者たち。焦点の定まらないその目は赤く染まり、開いたままの口元からは涎《よだれ》が垂れている。まるで、彼らには理性がないかのようだった。

「ギャハハハハハッッ!!」

「コロセッ、コロセッ、コロセッ、コロセッ！」

「アァアアアアアッッ!!　焦火槍《スコーチランス》ッ！　モエロッ！」

数の差があるというのに、すさまじい身体能力で狩猟者たちを追い詰めるローブたち。知能はあっても、理性はないな。こういうのは何度も見てきたので察しがつく。理性と引き換えに能力を上げているのだろう。問題は、彼らから僅かに悪魔の気配がすることだ。

「人の多い場所で発動するのは良くないが……この状況ならいいか」

完全なる不可視《オールモスト・インヴィジブル》。俺の姿はこの世界からかき消された。そのまま、戦場全体を視界に捉える。

「落ちろ」

一瞬で、黒いローブをまとった者たちの体が崩れ落ちる。

「ッ!?　なんだ……急に倒れたぞ？　死んだのか？」

「おい、誰がやったんだ？　それとも、自滅か？」

「いや、今のは魔術だ。間違いない。けど、なんの魔術か一切わかんねぇ」

「なんにしろ、ありがたいことこの上ないな。とりあえず、怪我人を治療しよう」

死んではいない。意識を失わせただけで命に別状はないはずだ。一応、洗脳や肉体を操作されているだけの可能性もあったので気を使っておいた。少し、妙な感じがしたからな。今回はわかりやすく敵全員が同じ格好をしていたので助かったな。

「……しかし、この分なら何人か死んでいそうだな」

ここだけでも重症の人がかなりいる。狩猟者ばかりの空間なだけあって、回復薬を持っている奴は少なくないようで死んでさえいなければ命は助かるだろう。だが、ここ以外がどうなっているかはわからない。

「進むか」

俺はローブ共の倒れている場所を越え、さらに奥へと歩みを進めた。

◇

渋谷Hunter'sHaunt、その地下二階の最奥部。飲食店しかないその階層の中で、そこは中華料理店だった。

「……一人で来るべきじゃなかったですね」

しかし、今やその場所は中華料理店ではなく、ただの戦場に変わろうとしている。相対するは齢《よわい》が二十くらいの若い女と、狂った形相のローブをまとった者たちだ。

「ギャハハハッ、コロシテヤルヨォ!!」

「シネヤァッ!!」

「クモツニナレッ、クモツニィッ!」

悪魔の気配をたどり、敵に見つからないように進んできた女だが、ついに悪魔が潜んでいると思《おぼ》しき料理店に踏み込んだ瞬間、隠形《おんぎょう》を破られた。こうなってしまえば、もう戦うしかない。

「銃砲刀剣類取扱者甲種《ウェポンマスター》」

女の体からジャラジャラと数多の武器が現れる。その中から二丁の黒いテーザー銃のような物が両手に導かれ、握られた。それと同時に他の武器は彼女の体内に沈んで消える。

「申し訳ないですが、武力をもって鎮圧します」

飛びかかるローブたち。その手に握られた武器はどれも握りの部分が凹んでしまっているほどに強い握力がこもっている。

「二つ」

数メートル離れた場所から一瞬で距離を詰めたローブたち。しかし、先頭の二人は二丁の銃から放たれた射出体が突き刺さり、倒れた。棘《とげ》が生えた射出体からは強力な電撃が発生するようになっている。本来のテーザー銃と違うのはその電撃が強力であるのと、導線によって本体とつながっていないところだ。

「四つ」

さらに、射撃。恐れを知らないローブたちは倒れた二人を見ても構わず突っ込んでくるが、無防備なその体に棘が突き刺さり、また二人倒れた。

「六つ」

後ろの方で魔術を放とうとしている二人に棘が突き刺さる。二人が倒れると同時に、女はテーザー銃を最も近い敵に投げつけた。弾切れだ。

「もう一回」

後ろに跳びながら両手を下に垂らすと、そこにまたテーザー銃が握られる。

「八つ、九つ……終わりです」

バタリ、バタリと倒れていくローブたち。振るわれる攻撃を容易く回避しながら、女はあっという間に十数人はいた敵を片付けた。

ローブで身を包んだ者たち、中華料理店の中にいた彼らを全員気絶させた女は構えを解かないままふっと息を漏らした。

「……身体能力は上がっていましたが、獣みたいでしたね」

女はテーザー銃を新品に入れ替えてから中華料理店の奥を睨んだ。

「――ククク、獣の力だから当然ですよぉ」

異形が現れた。グリフォンのごとき翼を持った痩せこけた犬だ。しかし、それは悪魔だ。犬としての愛らしさの欠片もない狡猾《こうかつ》そうな顔をしていた。

「――よぉく、来たねェ。勇敢だねェ。偉いねェ」

異形が現れた。ライオンの頭と胴体、ガチョウの足、ウサギの尻尾。二足歩行する獣の背には天使の翼が生えている。しかし、それは悪魔だ。一目見ただけでわかる邪悪だ。

「――あ、ぁ……無駄だと、言うのに」

異形が現れた。しわがれた声の主は小さなただのカラスだった。しかし、それは悪魔だ。その空虚な瞳は人の命を物としてしか捉えない。

「……なん、なんですか」

同時に現れた三体の悪魔。女は思わずそう呟いた。

「何、と聞きましたかぁ？　私はグラシャラボラス、友人と愛が欲しければどうぞ私にぃ」

翼の生えた犬が答えた。大型犬程度のその身だが、尋常でない迫力が漂っている。

「自己紹介の流れみたいだねェ。僕はイポス、アイポロスでもアイペロスでも、好きに呼んでおくれェ」

ライオンの頭が穏やかな声で話すが、女の警戒が解けるわけもない。

「俺、は……ナベリウス。お前も、話せ。どこの、だれ……か、を」

カラスがかすれた声を漏らす。話せと言われるも、口を固く閉じる女。

「私は警視庁公安部、特殊対策第二課の菊池《きくち》アザミです……ぇ」

なぜかぺらぺらと情報を漏らした自分自身にアザミはただ絶句した。

「主様は人を素直にさせてくれるんですよぉ。良かったですねぇ」

「知らないんだねェ、かわいそうにねェ」

これが、悪魔か。アザミはジリッと一歩引いた足を止め、両手に持っていたテーザー銃を捨てた。

「Smith&Wesson Model.500」

代わりに、その両手に殺傷性の高い拳銃が二丁握られた。本来ならとても片手で扱えるような物ではない高威力のリボルバーだが、アザミは両手に一丁ずつ握っていた。

「油断はしない……確実に、殺します」

放たれた弾丸。それはイポスの獅子の頭に直進し……あらかじめその場に仕込まれていた魔法陣の防御によって防がれた。

「悪いねェ。でも、僕は未来が見えるからねェ、防いじゃったんだァ。ちなみに、君が来ることも知ってたんだよォ」

「……未来が、見える？」

アザミは呆然と立ちすくんだ。

そんな反則な能力、あっていいのか。未来が見えるということは、これから自分が取る全ての行動を予知しているということ。そんな相手に、どうやって勝てばいいのか。

アザミは、うっすらと自分の感情を絶望が支配し始めているのがわかった。

「ちなみに、私は傷から血を流させることができるんですよぉ。どんなに古い傷でも、残っていればそれを開いてたくさん血を流してあげられるんですよぉ」

「ッ！」

グラシャラボラスが言うと、アザミの体から治りかけていた傷が開き、勢いよく血が噴き出した。手で押さえても、その出血は止まる気配がない。このまま時間が過ぎれば、間違いなく死ぬ。

「どう、すれば……」

悪魔を三体同時に相手にするなんて、最初からできっこなかったのだ。アザミは濃い絶望の中でも思考を巡らせるが、何も思いつくことはない。ただ時間だけが過ぎていき、流れる血はアザミの意識を揺らす。

「だから……言った、だろう。無駄だと、言っただろう」

カラスが、ナベリウスが、その小さな翼を広げた。すると、その周囲に無数の魔法陣が浮かび上がる。

「死、ね」

連続して放たれる無数の黒い槍。闇を押し固めて作られたかのようなその槍は途中にあったテーブルを容易く貫通しながらアザミに飛来した。

「観世正宗《かんぜまさむね》ッ！」

現れた刀。名の知れた名刀であるそれを振るい、槍を斬り裂く。避けて、斬る。それを繰り返してなんとか生き延びた。

「無駄、だな」

凌《しの》ぎ切った。そう思い、息を切らし俯いていた顔を上げると、そこには新たに展開された魔法陣から放たれる無数の闇の槍の姿があった、

「凌ぎ、切るッ！」

避ける、斬り裂く。

避ける、斬り裂く。

どれだけ繰り返そうとも無慈悲に新たな魔法陣が展開されるだけ。

「ッ！」

ついに、限界が来た。全力で動き続けていたアザミは体力も集中力も限界だった。無数の槍のうちの一本が、アザミの足にかすった。

「ぐッ、まずい……！」

テンポが崩れた。一度ダメージを受けたアザミは、次々に槍を体にかすらせる。致命傷は負っていないが、それが少しの傷でもグラシャラボラスの力によって失血死への足がかりになる。

「ぅ、ぁ……死ん、じゃう」

失われていく血。傷付いた体、限界の体力、意識がぐらりと揺れる。そこに、黒い槍が迫った。

「――――させないわ」

天井に穴が開き、そこからオレンジの長髪の女が現れた。それと同時にごつごつとした橙《だいだい》色の結晶の壁が地面からせり上がり、黒い槍を防いだ。

「よく頑張ったわね、後は任せなさい」

「……貴方、は……」

膝を突くアザミに、長髪の女は微笑んだ。

豪快な音と共にぶち開けられた天井、そこから現れた、マスクと帽子で顔を隠したオレンジ髪の女。

「私はカーラ、準一級のハンターよ。宝石使いって聞いたことなぁい？」

言いながら、カーラはマスクを外し、帽子を脱ぎ捨てた。

「ありります、もちろん。どうして、ここに……」

「菫青石《アイオライト》で魔力の発生源を見たら、戦ってる貴方がいたから来たのよ」

宝石使いの異名を持つカーラは、その名の通りに宝石を使って戦う。彼女は宝石を単なる触媒や魔術の補助具とするだけではなく、石が持つ固有の力を理解し、引き出すことができる。

「今日、ここに来たのは……偶然、ですか？」

「どうして今日ここに来たのかって話なら、そういう運命だっただけよ。私が貴方を助けに来て、そして今からこいつらをまとめて消し飛ばす……そういう運命」

ネックレス、腕輪、指輪、数珠、それらに付けられた宝石が煌《きら》めきを放ち、カーラは毅然とした態度で言い切った。

「フフフ、運命。つまり未来。それを知ることこそ僕の力だよォ。僕は君が来ることも知ってたんだァ、これから死ぬこともねェ」

イポスは手を広げ、笑った。それを見て、カーラも笑う。

「アハハ、どうかしら？　試してみればいいんじゃない？」

一触即発の雰囲気の中、アザミはカーラの耳元で呟いた。

「相手は悪魔です。全員がソロモン七十二柱の名を持っています……その力は、恐らく本物です」

「へぇ、悪魔？　面白いわね……鷹目石《ホークスアイ》」

数珠に付けられた黒い石が薄く光を放つ。その効力により、カーラは目の前の三体の異形の正体を直感的に見定めることができた。

「……確かに、本物の悪魔みたいね」

準一級のカーラでも、悪魔と相対した経験はなかった。だが、ある程度の情報は持っている。つまり、その厄介さも知っている。

「それにしても、貴方……血が出過ぎね」

「敵の能力です。傷を開き、強制的に出血させます」

カーラは頷き、暗い緑と赤色の入り交じった石を光らせた。

「血星石《ブラッドストーン》。生命力を回復させて、止血し、血を増やす……止血の効果は出ていないみたいだけど」

「いえ、十分です……これで、戦えます」

アザミは両手を広げ、口を開いた。

「銃砲刀剣類取扱者甲種《ウェポンマスター》」

その両手に先ほどのリボルバーが握られる。

「私の異能は今まで一度でも使ったことのある武器、その構造と性能を完璧に理解していればいつでもそれを具現化することができます。また、どんな武器でも一度握ればそれを完璧に扱うことができるようになります」

銃砲刀剣類取扱者甲種《ウェポンマスター》。この異能はその名にふさわしい能力を有している。あらゆる武器を使いこなし、使ったことのある武器であれば大抵は再現できる。

「へぇ、いいじゃない。私は知っての通りの宝石使いよ。宝石以外も使うけど。できることは……まぁ、いろいろね」

「もちろん、存じてます。私は菊池アザミです。詳しくは伏せますが、警察機関に所属しています」

お互い、能力の紹介を済ませたのを見てカラスが……ナベリウスが翼を広げる。

「話は……終わり、だな……」

ポツリ、ポツリと魔法陣が浮かんでいく。

「へぇ、待っててくれたの？　優しいわね」

「否……確実に殺す準備を……終えただけ、だ」

カーラの言葉を否定するナベリウス。それを証明するように、魔法陣はさっきの比ではないほど、多く展開されている。

「それ、止めてもらおうかしら」

カーラがナベリウスに指先を向けると、指輪の一つが赤い光を放ち、両手をいっぱい広げたほどの大きさの球状の炎の塊が放たれる。

「フフフ、未来を知っているということの意味がわかるかなァ？」

イポスの目の前に魔法陣が展開され、それは盾としてカーラの火球を受け止めた。

「えぇ、わかるわ」

「そうか……死、ね」

百にその数が届こうかという魔法陣。それらから一斉に闇の槍が放たれていく。

「満礬柘榴石《スペサルティンガーネット》！」

カーラが手を地面に付けると、そこから波状に橙色の透き通った宝石の壁が盛り上がっていく。きらきらと太陽のような輝きを放つ宝石の壁は無数の闇の槍を受け止め、ガリガリと削れていく。

「角閃石片麻岩《ヌーマイト》、翠玉《エメラルド》」

百本近い闇の槍を受け止めてついに限界を迎えようとした壁が突然内側から砕け、弾け飛び、壁を削っていた闇の槍を全て破壊した。

そのまま全方位に飛散しようとした宝石だが、間髪入れずに吹き荒れた緑色に煌めく風がそれを悪魔の方へと誘導した。

「……ほう」

感心したように呟くナベリウスの元に、弾け飛んだ橙色の宝石が緑の風に流れを誘導されて飛散する。

「フフフ、知ってるよォ。ごめんねェ？」

しかし、飛散する無数の石のそれぞれを防ぐように無数の小さな魔法陣が現れ、完璧にナベリウスを守った。

「アザミちゃん、何も考えずに全力で攻撃し続けて。いい？」

カーラの言葉に、アザミは言葉を返すこともなく発砲した。本来なら片手で撃てば体が吹き飛ぶような S&W M500 の反動を感じさせないような動きで左右から連続で弾を放った。

「無駄だねェ、無駄だよォ」

熊すら一撃で殺すと言われる威力の弾が、魔法陣によってあっさりと防がれる。

「577T-Rex Hannibal Model Rifle」

しかし、アザミはそれを意に介した様子もなく拳銃を捨て、ライフルを具現化する。ティラノサウルスでも撃ち殺せるという売り文句にふさわしい威力を誇るそのライフルから、一発の弾丸が放たれた。

イポスに迫るライフルの弾丸。アザミの放つそれは当然ただの弾丸ではない。魔力の込められた弾丸だ。

「ふゥむ」

イポスは眉をひそめ、魔法陣を二重に展開した。そこに弾丸が着弾し、一枚目の魔法陣を破壊して進み、二枚目の魔法陣も砕きかけたところで停止した。

「蒼晶金剛石《アイスブルーダイヤモンド》」

ライフルを防いだばかりのイポスの足元がいてつき、淡い青色の氷がピシピシとイポスの足に伸びる。

「それも知って……ッ！」

未来を見ているイポスは足元から伸びる氷に捕まえられる前にその天使の翼で宙に浮いたが、そこを目がけて放たれたライフル弾がイポスの眼前まで迫り、ギリギリで魔法陣に止められる。

「王手よ」

だが、対応の限界まで迫られたイポスの頭上からすさまじい重量の黒い岩石のような物が落ち、宙に浮いていたイポスの体は地に落とされ、表面が煌めくごつごつとした漆黒の石に潰された。

「未来が見れたとしても、その未来に対応する度に未来は変化する。だったら、対応が追い付かないくらいに攻撃を続けて未来を変え続ければ、いつか限界は来るでしょ？」

「あり、ェなィ……僕はァ、勝利の未来をォ……最初にィ、見たぞォ……ッ！」

「さぁね。貴方が変なことして勝てるはずの未来を変えちゃったんじゃない？」

ありえない、ありえない。

イポスは体を岩石に潰されたまま うわ言のように呟き続ける。

「それと」

今度はさっきの倍ほど浮かんでいる魔法陣。それから目を離し、カーラは後ろを振り向いた。

「さっきからいないのは気づいてるわよ」

カーラの指輪にはめられた宝石が光り、透明化して背後に回り込んでいたグラシャラボラスの姿があらわになった。

「ッ！　これはこれは、驚きま――――」

即座に振り向き、ライフルを撃ち放つアザミ。グラシャラボラスの頭部は完全に弾け飛び、その胴体もグロテスクにひしゃげた。

「さて、後は貴方だけね？」

ナベリウスに指を向け、不敵に笑うカーラ。アザミも無言でライフルを向ける。

「……そう、か……」

ナベリウスは広げていた両翼を下げた。同時に無数に浮かんでいた魔法陣が消失する。

「降伏でもする気ですか？」

眉をひそめるアザミ。ナベリウスは答えない。

「撃ちます」

発砲音。正確に制御された弾丸はナベリウスに真っすぐ向かい……その肉体を粉々にした。

「……これで終わり？」

あまりの呆気なさに呟くカーラ。しかし、応答はない。

「カーラさん、外にもこのローブを着た者たちがいます。ひとまずそっちを片付けましょう」

「そう、ね……」

踵を返し、中華料理店の出口へと向かう二人。しかし、カーラはすぐに足を止めた。

「いや」

カーラの指輪が、光っている。

「どうやら、まだみたいね」

二人は振り返る。原形もわからないほどに飛び散ったカラスの死体。その上に、立っていた。

「――我が名は、ネビロス」

死蝋《しろう》化《か》したような白い手。金属の靴と融合した肉と鉄の混じり合う足。胴体は古びた貴族服に隠され、その服には深緑の蔦が絡み付いている。背からは悪魔の翼が生え、頭には二本の角がぐねりと曲がって生えている。

髪も目も漆のように黒いその男は、聞き覚えのあるしわがれた声で話した。

「ナベリウスは仮の名、仮の姿に過ぎない……俺は、ネビロスだ」

死んだはずのナベリウス。しかし、それはあくまで仮の姿に過ぎなかった。真の姿を現したネビロスはその白い蝋のような手を二人に向けた。

「苦しんで、死ぬといい」

光る宝石。構えられるライフル。だが、間に合わない。

「ぐッ!?」

「ッ！」

胸を押さえ、膝を突く二人。

「奪われた尊厳は、名誉は……取り戻す必要がある」

手を上げるネビロス。すると、弾け飛んでいたグラシャラボラスの体が逆再生するように元に戻り、潰れていたイポスの体が膨らみ、その目に光が宿った。

「ククク、さすがはネビロス様ですねぇ。本気を出せばこんなものというわけですなぁ」

「ごめんねェ、かわいそうにねェ。期待しちゃったかなァ。勝てると思っちゃったよねェ」

ネビロスは横に並ぶ二体を無視し、そのうつろな瞳を二人に向ける。

「随分、足掻《あが》いたようだが……ここで、死ね」

ネビロスが二人に向けていた手を強く握る。

「ッ、ガハッ」

「がッ、ぐ、ぅ……」

二人の体中に切りつけられたような傷が刻まれ、そこから血が噴き出す。

「未来を見れるのはイポスだけではない……断言してやる。お前たちは……ここで、死ぬ」

次々に傷が刻まれ、血が噴き出していく。二人は血を吐き、揺れる意識の中で悪魔を睨んだ。

◇

ローブ共を倒し、進んだ先にはバラバラと人の死体が転がっていた。

「……そうか」

さっきの場所はエスカレーターが近く、人の流れを集められる場所だったので被害は少なかった。

しかし、少し進んだこの場所は違う。

「誰も、いないか」

周囲を見渡しても、誰もいない。これをやったのは俺がさっき気絶させたロープ共だということだろう。

「……運が良かったな」

俺は地面に転がる死体たちに言った。同時に、彼らの体が浮き上がって一か所に集められていく。

「いや、良くはないか」

不幸中の幸い、という言葉がふさわしいな。

「多分だが、この現代にはそういないぞ」

俺は目を閉じ、両手を胸の前で組んだ。

「――――蘇生術の使い手は」

魔力が、煌めいた。

範囲は広くなくていい。死後の時間は全く経っていない。これなら、全く問題はない。

「『昇らぬうちに降りてこい。終わるにはまだ早いぞ』」

全員、まだ間に合う。死体を目印にして、手遅れにならない間に魂を呼び寄せる。

なんだ？

結界が邪魔して魂がさまよっているな。まぁ、好都合だ。

『神の御業《みわざ》か、悪魔の所業か。さまつなことだ』

次に、肉体の修復だ。生命活動をいつでも再開できるように体を再生する。血も増やし、尽きた生命力も回復させる。

『万象の摂理、それを超えてこそ魔術なり』

修復は終わった。魂と肉体の識別もそう難しくないな。魂まで消耗している者はいない。

『起きろ。まだ生きろ』

全ての魂が己の肉体に入り込み、全ての準備は終わった。

『死灰復然《リベリテレ・アダニマム》』

ドクリ、心臓が一斉に鳴った。

「……ぁ、あれ、生きてる」

起き出したな。これで問題ないな……さて、次だ。死の気配はまだ残っている。

◇

あれから二回の蘇生を実行し、別で動いていたらしい数人のローブたちを気絶させて拘束した後、俺は明らかに力を使っている様子の濃い悪魔の気配がする場所に向かった。

「戦闘中だな」

音がする。気配がする。察してはいたが、誰かが悪魔と戦っている。急がなければ、死ぬかもしれない。悪魔に殺されたなら、その魂が無事のまま死ぬるかもわからない。

「ここまで気配をたどれれば……行けるな」

俺は悪魔がいると思しきそこに転移した。

◇

ダメだ。何もできない。

臓器が締め付けられるような感覚と、皮膚が裂けて開く傷。異能は使えるが、魔力の流れが阻害されている。

「ぐ、ぅ……」

横目にカーラさんを見るが、苦悶《くもん》の表情を浮かべている。石の力で常に回復はしてくれているが、次々に体に刻まれていく傷が命を奪う方が早いかもしれない。

「俺は、苦痛を……傷を、与える。つまり、だ」

ネビロスがグラシャラボラスの方を向く。

「ククク、私の出番というわけですなぁ」

グリフォンの翼を生やした犬の悪魔が笑う。それと同時に、私の体の傷から一斉に血が噴き出した。

「……ぁ、これ、は……」

これは、ダメだ。視界が揺れる。意識がかすんでいく。

「……誰、か……」

限界だ。その場から一歩も動けない。

最後の足掻きで、悪魔の目を睨み付ける。その虚《うつ》ろな目が私の目を見た、瞬間。

「ぎゃァ――――ッ」

「ぐべ――――ッ」

グラシャラボラスとイポス。二体の体が真っ二つに裂ける。

「……どういう、こと？」

誰の姿も見えない。しかし、確かに二体の悪魔は一瞬で斬り殺された。

「……ありえない。こんな未来は、見えていなかったはずだ」

呆然と呟くネビロス。その四肢と翼が同時に斬り落とされた。速いどころの騒ぎじゃない。

見えていないとはいえ、明らかに木っ端の悪魔ではないネビロスが一瞬で……意味がわからない。

「――答えろ」

だるまとなって地面に転がったネビロス。その頭上辺りから声が響いた。

「アンタを召喚したのは誰だ」

男の声だ。老いてはいないが、低く気力のない声だ。

「……姿を消していい気になっているようだが」

ネビロスは地面から何もない場所を睨み付ける。

「俺には、見えているぞ？」

ネビロスがそう呟くと同時に、頭からその男の姿があらわになっていく。

「投射か。だが、見えているからどうするんだ？」

男の問いに答えるように、ネビロスの削がれた四肢と翼が一瞬で再生していく。

「不意を打っただけで、優位に立ったと錯覚したか……あぁ、哀れな」

起き上がったネビロスが両手を広げてそう言った瞬間、その四肢が再度斬り落とされた。

「そうか。それで、どうするんだ？」

「……ありえない、だが……ッ!?」

再び地面に転がったネビロスはそう呟き、その目が妖しく光る。が、男にはなんの異常も起こらない。眉をひそめたネビロスの首筋に、男の剣が添えられた。

「こんな未来は、見えていない……いや、お前自体が……未来に、映りすらしない？」

「どうでもいい。答える気はないってことでいいんだな？」

未来に映りすらしない？　どういう異能ならそんなことができるのか。いや、魔術かもしれない。なんにしても、あの人は尋常じゃない。公安のデータベースにもあの男はいなかったはずだ。

「確かに、お前は異常だが……舐めるなよ」

ネビロスの体が一瞬にして膨れ上がる。白くぶよぶよと膨張した肉体は筋肉質な男の姿に成形され、それからすぐに金属へと変質し、それを食い破るようにして内側から植物が生えてその体に絡み付いていく。

「ここで、死ね」

見上げるほどの巨体となったネビロスの体は全身が金属と化している。絡み付いた植物の表面には魔力の紋様が走っており、何かしらの効果があることがわかる。そして、満を持した銀色の拳が男に向かって振り下ろされた。

「あぁ」

一筋の剣閃《けんせん》。内側まで金属の分厚い腕は、男に到達する前に地面に落ちた。

「もういい」

また剣が閃《ひらめ》いた。ネビロスの四肢がまた斬り落とされる。

「悪魔相手にやるのは面倒なんだが……」

ネビロスの胴体にずぶりと剣が刺し込まれた。

「読ませてもらうか」

いいいいいい
男が目を閉じると、剣を伝ってネビロスから男へと何かが流れ込んでいく。

「ぐッ、あァっ、バカなッ!? や、やめろッ！　それだけは、やめろッ!!　俺から奪うな……俺が、俺でなくなるッ!!」

初めて声を荒らげたネビロス。その顔にははっきりと焦燥の表情が浮かんでいた。

みっともなく身をよじり、逃れようとするネビロスを男は冷たい目で見た。

「奪うことはアンタたちの得意分野だろ。今までやってきたことだ。自分がされても、文句は言えないな？」

「やめろッ、やめろッ、やめろッ!! これでは、よみがえっても……意味がないッ！」

ネビロスの言葉に男は首を振る。

「どうやら勘違いしてるらしいが、そもそもアンタに次はない。だから、安心して全て忘れればいい」

「ぐッ、アァアアアアアアアアアアッッッ!!」

剣が引き抜かれ、青い光が煌めいた。苦悶の叫びを上げた後、ネビロスは糸が切れたように静かになった。死んではいないはずだが、その虚ろな瞳はもう光を映すことすらしない。

「……なるほどな。今度は収穫があったな」

男はそう呟き、刃に光をまとわせた。神聖な雰囲気を感じさせるその光はそのままネビロスを細切れにし、そして灰も残さず消滅させた。続けて、虚空に向けて剣を振ると透明化していたグラシャラボラスが消滅し、体を完全に再生させて逃げ出そうとしていたイポスは放出された光の刃によって消滅した。

「……ぁ」

ネビロスが死んだ。

その光景を見て安心した私は思わず前のめりに倒れ込……もうとして、肩を支えられた。

「呪われてるな」

顔をのぞき込んだ男。歳は二十歳くらいだろうか。

「消しておく」

男は私の頭に手を乗せた。じんわりと温かい魔力が伝わってくるのを感じ、それと同時に臓器が締め付けられる感覚と肌が引き裂ける感覚が消え失せていく。

「今、異常はあるか？」

「……いえ、ないです」

答えると、男は無言で隣のカーラさんの頭に手を乗せた。

「どうもありがと。ところで、貴方、何者なの？」

「今は、何者でもないな」

男はそう答え、カーラさんの呪いも解き終えた。

「さて、悪いが顔を見られた以上はやることがある」

男の言葉に私は思わず身構えたが、殺すつもりなら呪いを解いてくれるはずがない。

つまり、別のアプローチだ。

「何をする気かしら？　場合によっては、恩人と言っても戦わざるを得ないけど」

カーラは立ち上がり、指輪にはめ込まれた宝石を煌めかせた。

「それは……あぁ、それより先にすることがあるな」

男が振り向いた。その視線の先。この店の奥から一人の若い男が寝ぼけたような様子で現れた。

「……んー、そろそろ終わったかなぁ？　ナベリウス」

若い男は目をこすりながらこちらに歩き、そして立ち止まった。

「あ、あれ、どこに行ったのかな。僕の悪魔は」

「消滅した。もう、どこを捜しても見つからないな」

若い男に剣が向けられる。

「ひっ、ちょ、ちょっと待ってよ！　僕らは同じ人間だよ!?　ていうか、悪魔をどうやって殺したのさ!?」

「同じ人間を大量に殺そうとしたのはアンタだろ」

剣がその首筋に触れ、ちろりと血が垂れる。

「ッ、や、やめろ……ほ、本当に殺す気か!?　お、お前、犯罪者になるぞッ！」

「あぁ、犯罪者が言うと説得力があるな」

若い男は悲鳴を上げ、尻もちをつき、後退る。

「アンタの背後にいるのはソロモンだろ。答えろ」

「そ、ソロモン？　ち、違う……僕は鍵を開きし者とか名乗ってる陰気そうな奴に悪魔の契約方法を教えてもらったんだ。それで、たくさん殺して魂を集めたらまた新しい力を授けるって言われたから……」

「……なるほどな。あの結界は、ソレか」

会話が成立していることに安心したのか、若い男はへらへらと気持ち悪い笑みを浮かべ始めた。

「じゃ、じゃあ僕は行くから……」

がくがくと揺れる足で出口に急いだ若い男の襟首が掴まれる。

「こいつは任せてもいいか？」

「はい。任せてください」

私はこちらに投げられた若い男の首に腕を回し、そのまま絞めて気絶させた。

「……それで、私たちをどうするつもりなの？」

「あぁ、それだが……」

男はこちらに手を向けた。

「俺が誰だったか、どんな人物だったかを思い出せなくする。つまり、俺の身体的特徴や服装に関する記憶の一切を忘却させる」

そんな魔術、存在するのか。私は思わず疑ってしまったが、これまでのことを思い出してこの男なら可能だろうと納得した。

「……わかりました。ここまでのご協力、感謝致します。」

「まぁ、そのくらいならいいわ。私からもありがとね。あのままじゃさすがに死んでたかも」

男は首を振った。

「気にするな。じゃあ、消すぞ」

脳に直接干渉されたような感覚。それと同時に私は揺れる視界の中で意識を失った。

◇

今日、三体の悪魔を滅ぼした。七十二柱いるらしいので、残りは六十八柱ということになるな。

まぁ、あの感じならこっちの世界でも倒せる奴は倒せるだろう。ぶっちゃけ、黒岬ならネビロスにも勝てるはずだ。舐めプせずに戦えばという前提は付くが。

「……さて」

記憶を吸い出すのはかなりの労力がかかる上に、ひどく気持ち悪い感覚を味わうことになる。おまけに頭痛もすごいので積極的に使いたい魔術ではない。

今回みたいに、対象が悪魔の場合はそれが倍以上ひどくなるのでかなり最悪だった。

「とはいえ、無駄ではなかったな」

あの悪魔、ネビロスからはかなりの情報を得ることができた。ネビロスの記憶では詳細なことまではわからなかったが、今回ネビロスたちが召喚された際のコストは通常よりも高く、その余剰分はどこかへと流れているらしい。

「恐らくだが、その流出先は……ソロモンだ」

俺の読みが正しければ、ソロモンの復活は完全じゃない。

今回の事件で張られていた結界。それによって施設内の全員を閉じ込め、鏖殺《おうさつ》し、魂をまとめて奪おうとしていたのだろう。

問題は、そうして集められた膨大な魂が何に使われるのかだ。

「まさか、ただ悪魔の餌になるわけじゃないだろうな」

何かしら儀式に使われるか、大規模魔術に必要な魔力に変換されるか、恐らくはそのどちらでもない。

「ソロモンは、魂を糧に完全復活しようとしている」

どんな形でソロモンがこの現代によみがえったのかはわからないが、完全な力を持ってよみがえったというには少し不自然だ。

「預言を信じるならば、ソロモンはこの世界の支配を目標にしている」

だとすれば、こんなチマチマしたやり方をしているのはおかしい。これだと自分の存在に勘付かれる危険性があるだけで、世界の支配は全く進まない。悪魔の召喚もできるなら同時に全員召喚すれば、いくら東京でも壊滅するかもしれない。

「今のところ、最高位の悪魔は召喚されていないんだよな」

その理由は恐らく、コストがかかるからだ。悪魔の召喚にも当然、供物といった物が必要になる。小悪魔程度なら家畜を一頭から数頭、低位の悪魔なら人やその魂。高位ならばその量や質がさらに求められる。それに加えてかなりの魔力が必要になるが、これはよっぽどの悪魔でない限り集められるだろう。

「ソロモン七十二柱、か……」

その脅威は今と昔、どちらの方が上なのか。

今は少し調べるだけで彼らについて知ることができるが、今の人類はソロモンが王であったころの人類より弱いかもしれない。

「……どうする」

俺には選択肢がある。ソロモンを殺すか、ただ普通に暮らすかだ。正直、俺個人はソロモンがいくら暴れようが死にはしないだろう。それに、今の俺にはこの世界を守る義務なんて、責務なんてない。

何もしなければ、このまま俺は誰にも期待されずに生きていける。

責任を負うこともない、ただの人間として生きていけるんだ。人がいくら死のうが、責められることも恨まれることもない。それを、俺は望んでいるはずだ。

「……あぁ、わからないな」

もう夜だ。寝てしまえばいい。

◇

少し、リスクを冒したかいがあった。

「結界を調べることはしなかったか……うかつな奴だ」

調べたとして、俺にまでたどり着いていたかはわからないが、それでも奴は、気づかれているということに気づいていない。

「あれは、ただの結界ではない」

あの結界は外から中への移動と中から外への移動を妨げるという基本的な機能の他に、結界内の情報を全て記録する機能が付与してある。前回のような想定外なことが起きた際に、その事象を把握するためだ。

「今回は、ある意味で幸運だったな」

魂の収穫こそできなかったが、あの実力者を早期に発見できたのは幸運だ。正に、不幸中の幸いというやつだろう。

「顔を晒《さら》してのんきに買い物をしていたようだが……」

顔さえわかれば簡単だ。協会のデータベースから簡単に照合することができた。もっとも、協会に登録したのはかなり最近だったようだが。

「見つけたぞ、老日勇」

アミーを殺したのは、他でもないこの男だ。

間違いない。協会内部ではこの男が悪魔の召喚者であるという疑いが生じているらしいが、それはありえない。むしろ、悪魔を殺した者こそがこの男だ。

「ナベリウスをああも容易く殺すとは思わなかったが……」

悪魔の爵位がそのまま強さを表すわけではないが、それでも大体の指標にはなる。その上で、侯爵のナベリウスを赤子をあしらうかのように殺されたのは驚異だ。

しかも、ただ殺しただけでなく消滅だ。アミー、グラシャラボラス、イポス、ナベリウス。この四体の再召喚はできなくなったことを意味する。

「コストはかかるが、不死身の駒。その認識は改める必要があるな」

少なくとも、老日勇の前では侯爵級の悪魔もただのインプも変わらない。使い捨ての駒同然に消し飛ばされることになる。

「……まだだ」

老日勇。この男は無視すればいい。監視をつけて常に位置を把握し、今後はこの男がいない場所で行動を起こす。

「まだ、足りない」

東京以外で動くのはいろいろと不都合も多いが、許容するしかない。

「奴を殺すには、まだ……全く、足りていない」

老日勇。こいつはイレギュラーだ。だが、殺す必要はない。ソロモンにとっては邪魔になるだろうが、俺にとっては違う。ただ、盤面の外に置き続ければいいだけだ。

「────力が」

俺の目的は、ただ復讐《ふくしゅう》のみだ。

俺から全てを奪った一級の狩猟者……奴を殺すことだけが、俺の生きる理由だ。世界の支配など、勝手にやっていればいい。

「ソロモン……せいぜい、俺を利用した気になっていろ」

お前の企《たくら》みはもうわかっている。

その上で、今は利用されてやる。

「だが、時が満ちた時……俺は、お前の知恵の全てを利用して目的を果たす」

しょせん、ソロモンは契約に従うしかない過去の遺物だ。俺が供物を捧《ささ》げれば奴は俺に知恵を渡さなければならない。

ソロモンが完全に復活すれば俺は邪魔になり殺されるか、魔術によって支配されるかの二択だろう。だが、そうなる前に目的を終えればいいだけの話でしかない。

「待っていろ、竜殺し」

どんな手を使ってでも、俺はお前を殺してやる。

7　連なる式の鳥

朝か。まぶしいな。

「……特に、することもないな」

とりあえずの目的は家だ。いい加減、ビルの屋上で寝る生活も終わりにしたいからな。とはいえ、戸籍と身分証が返ってくるまではそれも難しいだろう。

「異界探検協会は、まだまずいか？」

西園寺が千葉での悪魔の話を知っているということは、あの話はそれなりに広まっているはずだ。今行くと面倒事になりかねない。

「……一切行かないのも逆に怪しいか？」

まぁ、大丈夫か。とりあえず、事情聴取とか面倒なことがありそうな間は行かないでおくか。

「しばらくはあの店に売るか」

面白い物を持っていけば高く売れるからな。狩猟者の等級は上がらないので高ランクの異界には行けないままになるが、今のところいいだろう。

「何はともあれ……飯だな」

今日は……そうだな。牛丼でも食いたい気分だ。

「行くか」

俺は牛丼屋の場所を検索し、屋上から飛び降りた。


うまかった。

本当に久しぶりに食ったな、牛丼。

「……さて」

何か、見てるな。

――――背後、二つか？

魔術や、その他の特殊な能力による観測ではない。これは生物。視線は二つだ。

「……まだだな」

捕まえるには人が多過ぎる。人気《ひとけ》のない場所に行く必要がある、が……東京で人気のない場所っていうとかなり難しそうだな。

となると、異界しかないか？　しょうがない。正規の交通手段で行くのは面倒だが、異界まで行くか。

◇

〈対象が異界に到着しました〉

声を潜め、連絡を入れる。対象は一度も振り返っていない。ミラーに映るようなヘマも犯していない。

〈了解。数分程度で異界に応援が到着予定〉

よし、やはりここに来るつもりだったか。応援をあらかじめ呼んでおくことができた。

「……狩りが見れるかもしれない」

男は異界の森の奥へと進んでいく。このまま行けば、その実力と能力を確かめられるかもしれない。

「悪魔召喚の被疑者、老日勇」

今まで全くその足取りを掴むことができなかったが、ようやく発見できた。渋谷での悪魔事件、その施設内で姿が確認された。そして今日、偶然だが僕が彼を発見した。

……かなり速く進んでる。

周辺を索敵する様子もなく、だが勢いを止めることなく森を進んでいく。異界には慣れているのだろうか。

「……立ち止まった？」

なんだ？

なんで止まった？

まさか、僕の尾行が――

「――さて、アンタは誰だ？」

数十メートル離れていたはずの老日の姿が、一瞬にして目の前に現れた。

「ッ、僕は……」

「あぁ、待て待て。アンタもだ」

老日の姿がかき消される。かと思えば、背後の樹上に登っていた老日はカラスの首を掴んで立っていた。

「……カラス？」

「ん、こいつのことは知らないのか？」

暴れるカラスの首を掴んだまま尋ねる男。僕は首を横に振った。

「そうか。アンタとこいつがずっとつけてたからな。仲間だと思ってたが」

何？　僕以外にも老日を尾行していた奴がいたのか？　しかも、カラス……使い魔の類いか。

「カァッ、クケェッ！」

「落ち着け」

暴れて脱出しようとするカラスの頭を老日が撫《な》でると、カラスは一瞬で眠りに落ちた。そのまま男はカラスをリュックに入れた。

「……なんですか、それ」

「さぁな。眠かったんだろ」

答える気はない、か。

「それで、アンタはなんだ？　なんで俺をつけてたんだ？」

「僕は警察です。貴方には現在、悪魔召喚の容疑がかけられています」

僕が警察手帳を見せながら言うと、老日は眉をひそめた。

「俺がか？」

「はい、貴方です」

難しそうな顔をして、老日は黙りこくった。

「……事情聴取とか、あるのか？」

「はい、あります」

老日はため息を吐いた。

「面倒くさいな」

「ご協力いただけませんか？」

その場合は、まずい。まだ応援は来ないのか。ここまでの動きだけで既にその戦闘能力の片鱗《へんりん》は見えている。僕だけでは勝てない可能性は高い。

「……まぁ、いいが」

「ありがとうございます。では、警察署までご同行いただけますか？」

老日は嫌そうな顔で頷いた。良かった。意外と話が通じる人物だった。しかし、怪しい人物であるのは確かだ。僕と謎のカラスの尾行をどちらも見破り、高い戦闘能力を持っている。悪魔召喚者であるかは不明だが、なんにしてもただ者ではない。

「――ふふふ、また会えたね～！」

聞き覚えのある声。振り向くと、そこには白い髪の女……白雪特別巡査がいた。

「白雪特別巡査。応援って貴方だったんですか？」

「おはよう、章野君。私たちだったんだけど、みんな途中ではぐれちゃったんだよねぇ」

……まさか、能力を使った？

「眼、使ってないですよね？」

「んー、なんのことだかわかりませんな～！」

コイツ……まぁ、そっちは後にしよう。

「それより、また会えたねってどういう意味ですか？」

「そのままだよ？」

僕が老日に視線をずらすと、老日は頷いた。

「あぁ、会った。コボルトが発生している現場で遭遇し、魔術を使っているのをとがめられた」

「……なんでそんな怪しい場面に何度も遭遇してるんですか？」

「運命力ってやつだ」

僕は目を細めたが、老日は表情を変えなかった。

「……とりあえず、署に向かいましょうか。そこで話を聞きます。長くなるかもしれませんが、夜までにはお帰しします」

「待てよ」

老日は顎に手を当てて言った。

「アンタの力で、俺の身の潔白は証明できないのか？」

「できますとも！　むしろ、そのために来たんだよ？」

そうだった。最近はやっていなかったので忘れていたが……始まるか。僕は白雪から録音機を受け取り、スイッチを入れた。

「じゃあ、始めるよ～？」

「あぁ、いつでもいい」

うんうんと白雪は頷き、自身の胸に手を当てた。

「――――白雪天慧《てんけい》。真偽調査を開始します」

規定された宣言と同時に、聴取が始まった。

◇

真偽調査とかいうのが始まった。

この感じ、今までも何度か同じようなことをしてきたのかもしれない。

「じゃあ、早速……悪魔を召喚したのは君？」

「違う」

俺は白雪と呼ばれた女の目を見て答えた。

「うん、真実だね！」

白雪はにこりと笑い、章野と呼ばれた男の方を見た。

「……これだけ怪しくて無罪なんですか」

少し驚いたような表情を章野は浮かべたが、白雪の言葉を否定することはなかった。

「他に聞くようなことあるかな？　章野君」

「……千葉での事件当日、老日さんも講習に参加していたとの話ですが、悪魔が現れた際の行動について聞きたいです」

やっぱり、聞かれたか。

「だってよ、老日君？」

「あぁ。悪魔が現れた時だが、俺は特に何もしなかったな」

悪魔が現れた時は、本当に何もしていなかった。その瞬間、という意味ではな。

「じゃあ、悪魔が殺された瞬間は見た？」

「……あぁ」

これに関しては、ごまかせそうにないか。

「誰がどうやって殺してた？」

「……黒い服の男が、剣で殺していた」

ふむふむ、と白雪は頷く。嘘は言っていない。

「どんな顔だったか覚えてる？」

「いや、顔は見えなかったな」

俺だからな。

「このくらいでいいかな？　章野君」

「そうですね。少なくとも犯人ではないようなので、あまり長々と拘束するのも良くないでしょう」

よし、乗り切ったか。少し危なかったな。

「今回の応答に嘘はありませんでした。白雪天慧、真偽調査を終了します」

「……そういえば俺が嘘を吐いていないのは、アンタはわかるかもしれないが、アンタが嘘を吐いてないのは上の奴らはわかるのか？」

「そのための宣言だよ？　さっきの開始しますとか終了しますとか言ったら、その間は嘘吐けないんだよ。そういう契約を結んでるの」

なるほどな。契約で縛っているのか。だが、契約はあくまでも過信できるものではない。彼らにその認識があるかはわからないが。

「……とりあえず、俺は行ってもいいのか？」

「すみません、一ついいですか？」

章野が小さく手を挙げた。

「これは個人的な質問なのでさっきの真偽調査では聞かなかったんですが、どうやって僕の尾行を見破ったんですか？」

「視線だ。尾行には慣れているみたいだが、アンタの視線が……つまり、意識がこっちを向いてい

いな。

要するに、俺に強く意識を向けている時点で気づく。その他の技術がどれだけ高くても意味はないな。

「それは……どうやったら回避できるんですか」

「悟りでも開けばいいんじゃないか」

自分の感情と意識を完全にコントロールするのは、仙人の領域だ。かなり難易度が高く、俺も自力での仙術は少ししか使えない。つまり、俺自身が仙人というには程遠い。

「まぁ、五年やそこらで開けるもんじゃないが」

俺は正直、百年やっても完全な悟りを開くのは無理な感じがした。向き不向きもあるんだろうが。

「……ちょっと、どうしようもないので忘れておきます」

「あぁ」

賢明な判断だな。

「そういえば」

俺が言うと、俺の目を見てボーっとしていた白雪がハッと姿勢を正した。

「ん、な、なんですか？」

「アンタら、どっちも若いが今の警察ってそんなもんなのか？」

高校生って言われてもおかしくない見た目だ。

「私はぴちぴちのＪＫだけど、さすがに現役の高校生で警察の人は私以外にいないと思うよ？」

「そうですね、彼女は特別巡査なので。自分もスカウトされた形ではありますが、試験自体は受けました。彼女は試験すら受けていません」

なんだそれ、結構終わってるな。

「一応、今は二人とも地域課ということになっていますが、基本的に同じ上司の下で命令を受けて動くことが多いです」

「なるほどな」

俺は頷き、そして白雪を見る。瞬《まばた》きもせずにずっと俺の目を見ている。妙だ。

「……なんだ」

「ぇ、い、いや、なんでも、なんでもなんでもないですけど？」

挙動不審ってレベルじゃないが。

「まさか、眼の力で俺に何かしているんじゃないよな？」

「な、何もしてないよぉ」

してるな、コイツ。どう考えてもしてるな。

「何をした？　答えろ」

「い、いや、ぇぇと……も、もうちょっとだけ……」

そう言って、白雪はまた俺の目をじーっと見つめ出した。

「おい」

「ぎゃッ⁉」

かっぴらいた眼球に指を二本勢いよく近づけると、白雪は悲鳴を上げて後ろに倒れた。

「答えろ」

起き上がろうとした白雪の肩を押さえながら屈《かが》み込む。

「アンタ、真偽調査ってのを始めたら嘘を吐けなくなるんだろ？　始めろ」

「ぅ、ど、どうしよ……」

こいつ、答えない気か？　だったら、しょうがない。

「ッ、老日さんッ！　いったん待ってください！」

強硬手段に出ようとした俺の雰囲気を察したのか、章野が俺の両肩を掴み、必死に止めにきた。

「話させますからッ、ちょっとだけ待ってください！」

「……あぁ」

俺が一歩下がると、章野は白雪を起こした。

「白雪特別巡査。あの人は、やばいです。ちゃんと話してください。戦闘になったら、かなりまずいです。貴方でも勝てるかわからないんです」

「……そんなの、わかってる。わかってるから、話せないんだってば！　だって、あの人ッ、邪神をッ！」

「――――おい」

白雪の襟を掴み、異界の木に押し付ける。

「今、なんて言った？」

「い、いや、えっと……」

あぁ、そうか。やばいな。なるほど、わかったぞ。

「……記憶か」

間違いないな。こいつ、俺の記憶を読んでいる。

俺は白雪を木に押し付けたまま睨み付けた。

「どこまで読んだ」

「え、えっと……邪神と戦ってるところ……」

どう考えてもアウトだな。

「老日さん。白雪が何をしたんですか？」

章野が問いかけた。目が据わっている。もしものことがあれば敵対するという覚悟を決めたのかもしれない。

「記憶を読まれた」

「あぁ、それか……人の記憶を勝手に読むなって死ぬほど言ったんですけどね」

まぁ、死ぬほど言われた程度でやめる性格ではなさそうだよな。この女は。

「……読まれるとまずい記憶があったんですか？」

「あぁ、死ぬほどな」

俺は白雪の襟を持ったまま答える。

「邪神、とかいうワードが出てましたが……まさか、邪神の召喚を目論《もくろ》んでるとか」

「違うに決まってるだろ。俺がそのレベルの悪党なら既にアンタらは死んでる」

さて、どうするか。

「記憶を消す、か？」

記憶を消した場合どうなる。ただ記憶を消すだけなら、さすがに不自然過ぎて疑われるだろう。感知できないとはいえ、直近の記憶が消えるんだ。違和感は生じるはずだ。

記憶を消して意識を飛ばした場合でも同じだ。俺の記憶を全て消すわけにはいかないから、起きた時には違和感を感じるだろう。というか、この場合は再捜査命令が出てもおかしくない。

……待てよ？

「アンタ、もしかして前に会った時から俺の記憶を盗み見てたのか？」

「もしかしなくてもそうですっ！　それで君に興味を持ったって感じ！」

……やっぱり、記憶を消すのはなしだな。

そもそも、次に会うことがあればどうせ二の舞になる。

「……殺害？」

「へぇっ!?」

さすがにないな。

ここは日本だ。子供相手に殺しはなしでいこう。だったら、アレか。

「抵抗するなよ。殺しはしない」

悪いが、章野にも食らってもらう。

『完全なる支配《コンプリート・コントロール》』」

俺から魔力が広がり、二人を浸食していく。

「おい、抵抗するなって言ったよな？」

魔術に抵抗されている。白雪だ。

「ちょ、ちょっと待って！　私、むしろ抵抗してる状態がデフォルトだから……よし、これでいけるかな」

通った。しかし、オートで抵抗か。ますますこいつの力がわからんな。

「まず、共通して二人とも真偽調査後のことは全て他人に話せない。伝えようとすることもできない。その内容が露呈しそうになった場合は取り繕う必要がある。あと、白雪は前に見た俺の記憶についてもだ」

白雪は自分の体を眺め、呆然としている。

「これが、あの悪魔を倒した後の能力……やっぱり、魔術の完成度が異常だよぉ」

「え？　悪魔、倒してたんですか？」

一応、今は俺たちの間では話せるようにしているが、この調子じゃ漏らしそうだな。

「あぁ、実はな。それと、独り言とかメモで情報を残すのも禁止した。それが他人に伝える目的がなくてもだ」

これはほぼ、白雪のためのルールだ。

「……そうだ、アンタら警察だったな。無線をつないで向こうに筒抜けとかないよな？」

だったら、相当に面倒くさいことになるが。

「つないでいませんよ。僕は、この人みたいに常識がなくて他人に迷惑をかける人間にはなりたくないので。プライベートな会話を漏えいするつもりはありません」

「うへぇ、ひどいなぁ章野くん」

良かった。章野はかなり真面目な雰囲気があるから怖かったが、こいつは組織に忠実というよりは正義に忠実なタイプのようだ。

「そして、これは白雪単体だが……今後は常に支配下に置かせてもらう」

「え」

固まった白雪。一応、説明しておくか。

「これから、断ることができない命令を下すことがあるかもしれない」

ほぼ隷属魔術のようなものだが、違うのはこれはあくまで副次的な支配ということだ。

完全なる支配《コンプリート・コントロール》による命令は永続だが、この魔術自体はすぐに効果が切れる。つまり、この魔術で命令できる期間は相当に短い。

だから、今回のように服従の命令を出せば永続的な支配が可能だが問題がないわけではない。

まず、強度が低い。この命令自体は魔術ではないので当然だが、そこそこの相手には無効化される可能性もある。特に、身体機能を自由に弄れる奴相手なら。

そして、これによる命令は口頭やメール。つまり、俺からの命令であると認識できないと効力を発揮しない。要するに俺の命令を認識するまでは効果がないのだ。例えば、命令した時に寝てたら効果はない。

「日常的に命令するわけではないが、警察らしいからな。必要な時は利用させてもらう。連絡先も教えてもらう。電話は出て、メールは見ろ」

「もしかして、奴隷？」

人聞きが悪いな。

「日常的に命令するわけじゃないと言ったろ。命を懸けさせるような真似《まね》もしないつもりだ」

使う機会があるのかもわからんが。

「……章野くんもいっとく？」

「はい？」

ないのか、こいつには。倫理観が。これっぽっちも。

「いいか、これはアンタへのペナルティーだ。俺のプライバシーを侵害したことに対するな」

俺が言うと、白雪は項垂《うなだ》れた。

「……なんで、こんな倫理観のない奴が警察なんだ」

「こんな倫理観のない奴が他の組織や機関で能力を使ってたらまずいからじゃないですかね」

そうだな。こいつは多分野放しにするとろくなことにならない奴だ。むしろ、高校を退学になっていないのが驚異的と言えるだろう。

「まぁ、とりあえずこんなところだな。アンタは巻き込んで悪かった」

「いえ、僕も勘違いで尾行しましたから」

それが警察の仕事ってやつだろう。それ自体を責めることはしない。

「そうだ、老日君！　どうせ誰にも話せないなら全部見せてよ！　言うこと全部聞くから大丈夫！」

こいつ、こいつ。

こいつには反省とか自省とか内省とかないのか。

「おい……」

怒りの交じった俺の声に、白雪が首を傾げる。

「焼きそばパン買ってこい」

「えっ」

「ダッシュだ」

「えっ」

きっと人生初のパシリだろう。異界からコンビニは相当遠いが、楽しんで行ってくるといい。


コンビニへと旅立った白雪を見送り、章野から白雪と章野自身の連絡先を受け取った後、俺はその場を後にした。と言っても、まだ異界から出てはいない。解決していないことがあるからだ。

「お前は警察とは別らしいからな」

リュックを開き、すやすやと眠るカラスを取り出すと、すぐにカラスは目を開けた。

「カァッ、カァッ！」

「逃げるな」

暴れ出すカラスの首根っこを掴み、頭に手を乗せる。

「暴れるなよ」

カラスの目がとろんと落ちる。俺は頭に手を乗せたままで、顔を近づける。

「……やっぱり、使い魔か」

だろうとは思ったが、カラスの使い魔だ。付与されている術式は気配の遮断くらいだな。戦闘に使えるようなものは皆無と言ってもいい。完全に偵察用に調整されているな。

「ラインは……切られてるな」

まぁ、当たり前だな。どうせいろいろとバレるなら章野の前でも構わず調べておくべきだったか？　いや、結果論か。

「とはいえ、何もできないわけじゃない」

残されたカラスの体には、刻まれた術式と魔力の名残がある。証拠を完全に消すならカラスをそのまま消し去るべきだったな。

「……こいつ自体はただのカラスか」

外付けでいろいろと弄られているが、素体はどこにでもいるようなカラスでしかないな。地球のレベルで見ると高度な術を刻んでいるように思えるが、その割に専用の使い魔を召喚したり作製したりしているわけではない。

随分、ちぐはぐだな。

もしかすると、異界と中途半端に混ざった結果こういう技術の発展の仕方をしたのかもしれない。

「殺す必要はないな」

このまま野生に帰しても然《さ》したる問題はないだろう。やたら気配を隠すのがうまいだけのカラスでしかない。

「……よし、教本魔術ではないな」

術式は完全に暗記した。それが誰でもそのままの形で使える教本魔術でない限り、魔術というのは一種の個人情報だ。使用者専用に調整されているということは、その術式を読み解けば本人を識別できる情報も見つけられる。

と言っても、俺はそれ単体で肉体の情報やどんな人物であるかを特定できるほどではない。せいぜい、同じ奴の魔術を見かけた時にそれを識別できるというだけだ。戦闘になればまた役立つ時が来るかもしれないが、そこまでする必要がある相手かもわからない。

「次に、魔力」

これに関しては、もしこの魔力の持ち主が俺の近くを通れば絶対に見つけることができる。

「とりあえず、問題は……」

誰がなんの目的で俺を調べに来たか、だ。まず、警察は違うだろう。そして、警察は協会と情報を共有しているようなので、協会の可能性も薄い。

「公的な機関でない可能性が高いか？」

最近は裏の組織がいろいろと動き出しているらしいので、どこかで俺のことを知ったろくでもない奴らが俺のことを調べている可能性もある。

「だが、一番可能性が高いのは……ソロモンだな」

もしくは、ソロモンの勢力の何者かだ。普通に考えて、自分の召喚した悪魔を簡単に滅ぼされているのに、その相手を調べないはずがない。もしこの使い魔がソロモンの手勢じゃなかったとしても、何かしらの形で俺の存在を探ってはいるはずだ。

「……もし、そうなら」

ソロモン。どうすべきか迷ってはいたが……そちらから手を出してくるのなら、しょうがない。

「少し、探るか」

知恵の王、ソロモン。アンタが俺の敵なら、世界のためにではなく俺のために死んでもらおう。

「カラス。やっぱり、野生に帰すのはなしだ」

少し、俺のために働いてもらう。だが、対価は払おう。俺はカラスの体を持ち上げ、その頭に俺の額を押し当てた。

「アンタの欲は……餌、序列、つがい、後は復讐、そんなもんか」

まぁ、最後以外は動物らしい欲だな。叶えてやるのも難しくない。

「起きろ」

俺はカラスに気つけをして、起こした。するとまた騒ぎ出したので、再度額を頭に押し当てた。

「……」

「カァ……」

こうすれば動物相手でも簡単に意思を伝え合うことができる。もっとも、知能が低過ぎる生物相手ならそれもできないが。

「どうだ？」

額を押し当てたまま、問いかける。あまり人に見られたくない光景になっているだろうな、これ。

「……」

つぶらな瞳が俺を見つめ、意思が伝わってきた。

「契約成立だな」

動物相手にここまで丁寧にやったのは初めてかもしれない。向こうではそんな余裕もなかったからな、心に余裕があるっていうのはいいことだ。

「……よし」

カラスの足を手に乗せて、主従契約の魔術を結ぶ。お互いの意思が固まっていなければできないものだが、その確認は既に済ませた。

「これで言葉はわかるだろう。後は……少し、強くしてやる」

主従の契約で結ばれている今、お互いの意思をどこからでも伝えることができる。後は、調整するだけだ。

「直接刻むのはあまり得意じゃないが……痛くはしない」

まず、眠らせる。さっきよりも強く、多少の刺激では起きないように眠らせる。

「外付けの思考領域、だな」

頭が良いと言われるカラスだが、魔術を扱うにはさすがに知能が足りない。性質を変容させないようにそれを改善するには、思考領域の外付けが必要だ。

「遮断はもう少し強化できるな……後は探知能力と肉体の強化に、意識と感覚の共有。これは直接刻めるな」

残りは魔術。いくつか使えるようにして終わりだな。教えるわけではなく、直接使えるようにするので制限はあるが、そこそこ仕上げられるだろう。

後は……少し魔素を分けるか。魔術を直接植え付ける以上、馴染みやすいものでないと難しい。というか、無駄に容量を圧迫することになる。

「親和性があるのは……闇か」

闇、影、病、翼、予兆、視覚。太陽も悪くないが、野生のカラスじゃさすがに遠いな。

「偵察や調査用だからな、隠密性を高めるものは悪くない」

カラスには人の目に見えないものが見える。これで調査能力も上げられそうだな。

「影歩き、影法師《フィギュラ・グール》……向こうじゃかなりメジャーだったが」

こっちじゃ知られてすらいないだろう。それに加えて、暗き天翼。真眼。闇障り《ダークオビエクティオ》。少し高度なものならそこら辺だろうな。後は戦闘用に使えるものだと……病魔の風《ローガ・ワーユ》、くらいか。かなりピーキーだが。

「さて、さすがに時間がかかりそうだな」

主従の契約を結んだので、その魂の形や情報はよく把握できるが、さすがに他人専用に魔術を調整するのは難しい。時間はかかるが、どうせ暇だからな。

「それに、この作業は嫌いじゃない」

何かに集中している時間はいい。心を無にできる心地良さがある。

「……意外と馴染むな。簡単な魔術なら少し入りそうか」

やっぱり使い魔の類いは一から作る方が簡単だな。自由度もそっちの方が高い。ただ、元が動物である分、親和性のひも付けはしやすいな。

……そういえば、白雪は放置したままメールも送っていないな。まぁ、章野が伝えるか。

◇

オレはカラス。人間共はオレたちのことをそう呼ぶらしい。名前を付けてやろうかとも言われたが、オレはそのカラスって響きが気に入った。

今は、ボスから与えられた力に慣れるために異界の上を飛んでるとこだ。

「カァ」

気分がいい。ボスからもらった思考領域というのはオレの知力を大きく引き上げてくれた。昔と違って、今なら細かいことも全て覚えられるし、ボスから流れ込んだ知識だってしっかりと忘れずにいられる。

「……カァ」

見つけた、ゴブリンの群れだ。オレはその中にポツリと降り立つ。

「グギャ？」

「グギャァッ、グギャッ！」

数は三十三。オレを取り囲むゴブリンたちはギャァギャァと騒ぎながら、その手に持った棍棒やさびついたナイフを振り上げた。

「カァ」

棍棒が、ナイフが、空振る。オレの姿は既にそこにはない。奴らの影の中にオレは入り込んだ。

「グギャッ!?」

「グ、グギャ？」

オレは食いもしない獲物を殺すのは好きじゃない。だから、ちょっと強引だが……これで、ヒトで言う正当防衛って奴だ。

「――――カァ」

オレの潜む影から、大量のカラスが飛び出していく。もちろん、本物ではない。オレが『影法師《フィギュラ・グール》』で作り出した影のカラスたちだ。

「グ、グギャッ!?」

「グギャァッ！　グギャァッ！」

実体のない影。ゴブリンたちはそれに翻弄《ほんろう》され、飛び回る影に棍棒を振り回す。

「カァ」

ここにもう一工夫だ。『闇障り《ダークオビエクティオ》』によって無数のカラスの影が実体化し、質量を持つ。

「グギャ――ッ」

実体のある影の群れが、ゴブリンたちの体を断ち切っていく。魔術で作られたカラスたちの強度は本物のカラスよりも圧倒的に高い。

「グギャァッ!?」

「グゲェッ!」

「グギャ、グギャッ、グギャァァッ!!」

一体、二体、三体。嵐のように吹き荒れたカラスの群れは一瞬でゴブリンたちを死体に変えた。

「……カァ」

やっぱり、オレは偵察用だな。この程度の攻撃力じゃ勝てない相手も多そうだ。防御力も心許ねぇし、直接戦闘は可能な限り避ける方針だな。

さて、残りの力も試しちまったら……今日のところは、街を掌握しに行くか。

◇

東京の街の中。もう日は暮れ始めている。

「……どのくらい本気でやったもんかな」

今日はカラスを使い魔にしたが、ソロモンを探るのはアイツに任せて放置するか？　常に気を張って敵を探り続けるなんてこと、こっちに帰ってきてまでやりたくないからな……まぁ、いったん放置にするか。

「小腹が空《す》いたな」

コンビニがあるな。肉まんでも食うか。

自動ドアが開き、音が鳴る。そろそろ、この現代の空気にも慣れてきたな。思い出してきた、と言うべきか。

「いらっしゃいませ〜」

俺は会釈だけして、店の中を歩く。肉まんの他にもいくつか買っておこう。今日は屋上で晩餐《ばんさん》だ。

そういえば、まだ日本のビールをまともに飲んだことってないよな。酒は向こうで飲み慣れたが、現代の酒とどっちがうまいか試してやろう。

「二本あればいいか。後は……つまみだな」

なんか、新鮮だ。こっちで酒なんて買ったことないからな……若干、悪いことしてる気分になる。

「こんなもんか」

肉まんは普通のでいいか。ピザまんも昔はよく食ってたが、今は気分じゃない。

「こちらどうぞ〜」

よし、レジが空いたな。

レジ袋を持って外に出た。しかし、コンビニの商品もかなり変わってたな。昔からずっとあるようなお菓子も何個か消えていたが、これが時間の流れというやつなのか。

「……んー、そっかぁ。まぁ、邪魔してくるならやっといて」

コンビニの壁際で何かを呟いている女がいる。白い短髪に赤い目、学生服を着ているが、犀川のとこの制服とは違いそうだ。電話も持っていないのに誰かと話しているのは引っかかるが、現代ではこれくらいが普通なのかもしれない。

「まぁ、いいか」

どちらにしろ、この女から例の魔力は感じられなかった。多種多様な人間が交ざり合うこの東京で変な奴をいちいち気にしていてもしょうがないからな。さっさと屋上で飯を食おう。

「ビールがぬるくなったらまずいからな」

俺は少し歩いて物陰に身を隠し、自分の姿を不可視にして跳躍した。できるだけ高いところで食おう。低い場所だと、さらに高いビルから見られかねない。

「よし、ここにするか」

なかなか景色がいいな。東京を一望できる。夕暮れ時ってのもあって、風情がある。

「太陽が綺麗だな」

赤く燃える太陽を背に、カラスの群れが飛んでいく。その群れの中に白いカラスが一匹、見えたような気がした。

◇

夕焼けの照らす東京の街を、カラスの群れが飛んでいた。

「待っていろ、必ず駆除してやる」

その群れの中を、白いカラスが飛んでいた。その目は爛々《らんらん》と赤く光っている。その嘴《くちばし》が開き、発された言葉は紛れもない人の言葉だった。

「……主様」

主の命を受けた白いカラスは忠実に任務を遂行すべく、報告のあった場所に全力で向かっていた。

「ここら辺だと聞いていたが……」

ビルとビルの間にある何もない暗い空間。そこに降り立った白いカラス。その背後から、黒い影が起き上がる。

「――オレを捜してるんだろ、白いの」

慌てて振り向く白いカラス。

「ここら辺を縄張りにしてるんだってな。オレたちは普通、群れの長《おさ》なんてのを持たないんだが……お前は差し詰め、カラスの女王ってところか？」

「……そう言う貴様は、なんだ」

白いカラスは赤い目で現れたカラスを見た。

「さぁな。ただのカラスだ」

「私の縄張りを探り回っているカラスがいると聞いたが……まさか、人間の言語を解すとはな。貴様にも主がいるのだろう？」

「さぁな？　だが、その口ぶりじゃお前にはいるらしいな」

白いカラスは黒いカラスを睨み付ける。

「……名を名乗れ」

「そういう時はそっちから名乗るのがマナーらしいぜ？　人間の中ではな」

飄々《ひょうひょう》とした態度を取り続ける黒いカラスに、白いカラスはため息を吐く。

「シロだ」

「そのまんまだな」

シロは黒いカラスを睨み付ける。

「そう言う貴様はなんだ」

「オレはカラスだ」

「……ふざけているのか？」

「いや、カラスって名前のカラスだ」

シロは一瞬、硬直した。

「……貴様の方がよっぽどそのまんまだろうが。そもそも、それは名前がないのと同じだろう」

「違うな。まぁ、そのまんまってのはそうだが……人間の中ではオレたちを勝手にカラスって呼んでるらしいからな。その響きが気に入ってこの名前にしたんだよ。オレたちの中じゃ、オレたちはカラスじゃなくてただのオレたちだろ？　言葉もそうだが、よっぽど人間の中での常識が馴染んでるらしいな」

シロとカラスが睨み合う。シロが連れてきた群れは、その様子を囲んで見守っている。

「……人の言葉を話すのは貴様も同じだろう」

シロの言葉に、カラスは首を振る。

「お前みたいに直接発声してるわけじゃない。カラスの体は人の言葉を話せる構造じゃねぇ、本来な」

「ふん、当然だ。主様の手で直接作っていただいた私は、貴様らのようなただの鳥とは違うのだ。まぁ……見たところ、貴様はただの鳥のようだがな？」

挑発するように言うシロを、カラスはハッと笑い飛ばした。

「安心しろよ。ペラペラと何も考えずに喋るお前も、十分オレたちと同じ鳥頭《とりあたま》だ」

カラスの言葉に、シロはカラスを睨み付けたまま黙り込む。

「……警告しておいてやろう」

シロから発せられる殺気も気にせず、カラスは首を傾げる。

「貴様の主に関する情報を吐いてこの街から失《う》せろ。でなければ、この群れ全員で食い殺す」

「やってみろ。ただし、オレが勝ったらこの群れはもらう。いいな？」

白と黒、二匹のカラスが睨み合った。

「ほえたなッ、鳥風情がッ！」

「ハッ、鳥はほえねえよ」

シロが大きく鳴き声を上げた。それを号令に大量のカラスが……鴉《からす》が飛来する。

「穴だらけにしてやれッ！」

シロの前で動こうとすらしないカラスを、カラスの群れが嘴で貫き、啄《ついば》み、穴だらけの死体に変えていく。

「……ふん、呆気ないな」

言いつつも、少し不安に思い死体を確認するシロ。しかし、カラスの群れがのいた場所には何も残ってはいなかった。

「――――ここから先は、正当防衛だな？」

背後、現れた黒いカラス。その姿に傷はなく、全く平気そうにしている。

「なんだ、貴様……なんの力だ」

「さぁな。ただ……もう、お前に数の有利はないぞ？」

カラスの言葉と同時に、大量のカラスがここに飛んでくる。周囲をビルに囲まれたこの空間には、もう百匹以上のカラスが集まっていた。

「……ふん、数の不利がなくなった程度で自慢げだな」

動揺を見せずに言うシロに、カラスはため息を吐く。

「全く、随分と気の強いメスだな」

「主様はオスが嫌いだからな。私もメスとして作られただけだ」

「いいさ、オレは気が強いくらいが好みだからな」

カラスの言葉を、シロは鼻で笑う。

「残念だが、貴様のような野蛮な鳥は恋愛対象外だ。私の理想はただ主様にのみある」

「そいつは残念だな。ところで……お前の自慢の仲間たちは全員負けたみたいだが」

カラスの言葉に、シロは急いで周囲の様子を確認する。すると、カラスの言葉通り自分の群れのカラスたちが全員押さえ付けられている光景が目に入った。

「……バカな」

今までシロにあった余裕が、崩れた。

「ありえない……全員が全員負けるなど、同じカラスならありえな……待て、よ」

シロは何かに気づいたように注意深く全体を観察した。

「数が……完全に、同じだと？」

押さえ付けられているカラスと、押さえ付けているカラス。その余りが一匹もいない。完全に同じ数だ。

「いや、そもそも……貴様、その群れ……どこから連れてきた？」

シロの問いに、カラスは笑う。

「さぁな？」

笑いながら言うカラス。シロの体に怖気《おぞけ》が走る。

「……なるほど、な。貴様はどうやら、言葉を話せるだけが取り柄じゃないらしい」

「じゃなきゃ、あんなに自信満々に勝負を仕掛けたりはしねぇよ」

突き返される正論を無視し、シロは両翼を広げた。

「————許可が下りた」

その体から生える羽根の一本一本が、細長い紙へと変化していく。

シロは体の羽根を全て細長い紙……札に変化させた。

「『我が身は貴き主の使いにして、無量の式そのもの』」

白い札に包まれたシロは、その隙間から見える赤い目をらんらんと光らせた。

「『式符顕換《しきふけんかん》』」

一斉に、白い札に黒い墨が走って文字が描かれていく。

「そいつがお前の本気か」

「その通りだ。こうなる前に私を殺しておくべきだったな」

本気を見せたシロに、カラスはなおも余裕を失わない。

「本気のお前に勝たないと、群れのボスにはなれないだろ？」

「ほざいていろ、鳥風情」

広げられた翼から、一枚の札が……式符が離れ、シロの周囲を漂うようになった。

「『弄燼火鞭《ろうじんかべん》』」

その式符の黒い文字が焼け落ち、代わりに残った白い札から炎の鞭《むち》がぐねりと伸びた。

「燃える鞭か」

「その通りだが、まだだ」

さらに、二つ、三つ、四つと次々に式符が翼から離れ、最終的に九つの鞭が展開された。シロの周囲に浮かぶ札から生えるそれは、チリチリと火花を落としている。

「準備は終わったってことでいいんだな？」

「……いつまでも、その態度でいられると思うな」

九つの札が飛び、九つの鞭が振り回された。

「熱そうだな」

その言葉と同時に、九つの炎の鞭がカラスを打ち付け、焦がし、燃やした。ただの炎ではないそれは、鉄すらもすぐに溶かしてしまうだろう。

「……今度こそ、殺したか？」

炎の鞭にめった打ちにされたカラスは生きてはいないだろう。今度は、逃げられないようにしっかりと目を凝らしていた。

「灰すら残っていないか」

炎の鞭がシロの元に戻り、焼け爛《ただ》れた地面があらわになった。そこにカラスの姿はない。だが、今度こそは確実に仕留めたはずだとシロは視線を逸らした。

瞬間、式符の一つが光り、勝手に翼から落ちた。

「ッ!?」

攻撃を察知したシロがなんとかその場から飛びのくと、影を塗り固めて作ったような巨大な黒い腕が空を掴んだ。

「攻撃を感知されたか？　だが、見たところお前の力は個数制限付きみたいだな」

「アレでも、死んでいないだと……貴様、どうやって逃れた？」

横に漆黒の腕を浮かべたカラスは、シロの言葉に首を振った。

「どうしようもない勘違いをしているな。最初から、ずっと」

「勘違いだと……？」

カラスは笑い、翼を広げた。

「オレは一度たりとも、逃げたりなんかしてねぇよ」

そう言い切ったカラスの体が、ぐずりと黒く溶けた。

「なッ!?」

溶け落ちる体と、残された言葉。その二つに混乱を隠すことすらできないシロ。

「――――驚いてる場合か？」

光り落ちる式符が警鐘を鳴らす。しかし、シロは動揺と混乱から反応が間に合わず、地面から伸びた無数の影の手に体を掴まれてしまった。

「くッ、こうなれば……ッ！」

体中を掴まれ、身動きが取れなくなったシロ。その体から一枚の式符が離れる。

「『狼煙《のろし》の石、焼け落ちた木、酸の粉』」

式符から黒い煙が漂い、空へと昇っていく。

『砕いて、挽《ひ》いて、粉としろ』」

焼けたような臭いがする。硝煙にも似ている。火薬の臭いだ。

「『爆《は》ぜよ』」

式符の文字が、赤く燃えた。

「『燃灼焼灸《ねんしゃくしょうきゅう》』」

瞬間、すさまじい爆音と赤い光がその場を支配する。

「まさか、これを使わされるとは思わなかったが……さすがに、この範囲なら隠れる場所もないはずだろう」

煙が晴れていく。コンクリートの地面は大きくくぼみ、ビルの壁は炭化している。

「……なぜ、この程度で収まっている？」

本来なら、辺り一面を吹き飛ばして火の海に変えるほどの術だ。さすがにビルをそこまで破壊できるかはわからないが、それでもこの程度の被害で収まっているのは明らかにおかしい。

「そりゃ、大事にされても面倒だからな。音だって周りには漏れないようにしてやってんだ」

「……生きていたか」

どこか察していたようにシロは言った。

「それと、率いる予定の群れを焼き殺されるのも困るからな」

ゆっくりと歩いてくるカラス。シロは警戒するようにジリジリと下がりつつ、翼を広げた。

「あぁ、あと……そろそろ、眠れ」

「なッ、くっ……」

広げた翼から落ちる数枚の式符。しかし、それらが効果を発揮する前にシロは倒れ、眠った。

「お前みたいな生物かどうかも怪しい奴に効くのを作るのは難しかったが……よく視《み》れば、なんとかできた」

完全に眠っているシロを見て、カラスは一つ息を吐いた。

「……これで、ボスからの頼みも達成だな」

一仕事終えたような雰囲気を出すカラス。だが、何かを察知して身構えた。

「――――それ」

その頭上から、白い短髪の少女が飛び降りてきた。シロと同じ赤い目がカラスを見る。

「僕の式神なんだけど」

制服が風に靡《なび》く。

「勝手にいじめるの、やめてくれない？」

少女が一歩踏み出すと、シロの姿が消え失せた。

「……お前が、そいつの主ってわけか」

「そう言ったじゃん。で、君は何？　僕のシロを倒せてるし、そこそこ強いみたいだけど……見たところ、式神ではなさそうだね」

カラスは答えない。ただ、じっくりとその目で少女の姿を観察している。

「はぁ、めんどくさいなぁ……まぁでも、能力はもう大体わかってるから。パパッと害鳥駆除しよっか」

気の抜けた表情を消し去った少女は、スッと右腕を伸ばした。その手には一枚の式符が握られている。

少女は伸ばした右手を顔の前に戻し、式符を挟んだ二本の指を立てた。

「陰陽師《おんみょうじ》、蘆屋千炉《あしやかんろ》。参る」

陰陽師を名乗った少女、蘆屋千炉の体から白いオーラが溢れる。それは、霊力だ。陰陽術の行使を可能とする霊的エネルギー。

魔力にも闘気にも似た、日本でのみ生き残り受け継がれた特殊な力と技術。だが、妖魔を退治し、人々を正しき方へと導いてきた特別な力もこの現代では数ある力のうちの一つに過ぎない。

「……ふーん、この風」

蘆屋は風通しが極めて悪いはずのこの場所に、なぜか風が吹いていることに気づく。微塵《みじん》も攻撃力のない、弱い風。それ故に、蘆屋は違和感を持った。

「シロを眠らせたのも、これかな」

言いながら、蘆屋は片足を前に出し、強く地面を踏みつけた。

「『破魔之陣《はまのじん》』」

五芒星《ごぼうせい》を中心に複雑な紋様が地面に描かれ、魔法陣のようなものが蘆屋の足元に展開された。

「へぇ……病、毒。そんな感じかな？」

病魔の風《ローガ・ワーユ》。ウイルスや細菌のような物を含んだ風を作り出し、それを体内へと送り込む。シロを眠らせたのもこれによるもので、カラスの持つ魔術の中でも最も殺傷能力の高いものだったが、蘆屋はそれを陰陽術の結界によって見破った。

「んー、この感じ……ちょっと吸っちゃってるかな」

結界によって自身の体内に既に入り込んでいた病魔を認識した蘆屋は僅かに冷や汗を垂らした。

「効果がもうちょっと強いやつなら、危なかったかも」

カラスの散布した風は、シロに使用したものと同じ相手を昏睡状態にする殺傷力の低いものだった。それ故に、蘆屋は体の動かしづらさや眠気のようなものを感じるだけに収まっている。

これが殺傷力の高い病魔であれば、蘆屋は既にまともに動けなくなっていただろう。しかし、破魔之陣を展開した今、どれだけ強い病魔であろうと通用することはなくなった。

「ちょっと怠《だる》いけど、許容範囲内かな」

蘆屋はふっと息を吐き、数枚の式符をどこかから取り出した。

「『式神召喚』」

蘆屋は手に持っていた三つの式符を空に向けて放った。

「『這《は》い駆ける闇猫《あんびょう》、クロ。取り憑《つ》く管狐《くだぎつね》、イズナ』」

ゆらゆらと宙を舞う式符のうち、二枚の文字がするりと抜け落ちた。それらは色を変え形を変えて、体中が真っ黒な猫と、やたらと細長い体を持つ狐に変化した。

「『恨み砕く犬神、イリン』」

残りの一枚からも文字が抜け落ち、白い毛並みに黒い斑《まだら》模様の犬が現れた。それはただの犬よりも一回り以上大きく、虎や獅子のような威圧感があった。

「……数の差で勝負したいなら、構わねぇ」

カラスが大きく鳴いた。同時に、ビルとビルの間から次々に真っ黒なカラスたちが現れ、蘆屋の方へと飛んでいく。

「本物じゃないね。作り物、紛い物。でも、張りぼてじゃない」

蘆屋を守るように囲んだ三体の式神。真っすぐに飛来するカラスたち。

「『張りて守りて、四方の三角』」

蘆屋は手印を素早く結び、言葉を紡ぐ。

「『錐領護結界《すいりょうごけっかい》』」

四角錐の形に張られた結界。そこにカラスたちが猛烈な勢いで飛び込んできては火花を散らし、結界に嘴を突き立てる。

「ッ、このままいくと割れるかな……!」

次々に結界に突き刺さっていくカラスたち。一羽だけなら大したダメージでもないが、それが重なるとまずい。結界には罅《ひび》が入り、今にも割れようとしている。

「『震力波』ッ!」

蘆屋は勢いよく手を叩き、同時に結界を解除した。蘆屋を中心に放たれた霊力の波動が空気を揺らしながらカラスたちを吹き飛ばす。近くにいたカラスは潰れて消えたが、半分以上がまだ残っている。

「速攻でいくよ。僕でも楽勝な相手じゃないみたいだし」

駆ける蘆屋。犬神を除く二体の式神は彼女の元を離れ、分散した。

「『地盤は支え、天盤は回る』」

走りながら、蘆屋は背後から迫るカラスの群れを見た。

「『式盤よ。求めるもののみ、指し示せ』」

言葉を紡ぎながら後ろに放り捨てられた式符が赤く光り、爆発する。背後まで迫っていたカラスたちの一部は爆破に巻き込まれて消滅した。

「『簡易式占』」

術が発動した。蘆屋はその場で足を止め、後ろを振り向く。

「そこなんだ」

蘆屋は迫るカラスを気にせず、指先を何もない場所に向けた。ビルの影が覆うその場所で、闇が蠢《うごめ》いた。

「『妖を滅して、魔を焼いて』」

指先に赤く炎がともり、揺れる。慌てて影から抜け出して逃れようとするカラス。

「『破魔炎砲』」

ともった炎が一瞬にして膨れ上がり、そのまま球状の炎となったそれは高速で射出された。

「カァッ⁉」

潜んでいた影から抜け出したカラスだが、飛んで逃げる暇はない。眼前まで迫る火球に、カラスは両翼で身を包んだ。

「ヒット、かな」

動いてはいない。確実に。火球は狙った場所に着弾し、爆発した。溢れた熱波は蘆屋の位置まで届くほどだ。

これは、殺《や》った。蘆屋は確信を持ちつつも、視線はそらさずにいた。

「……まだ、感じる」

何かが、そこにいる。カラスの生命力は、まだ消えていない。いや、むしろ。

「――焼いてもまずいらしいぜ、カラスはよ」

炎が吹き散らされ、煙が晴れる。そこにあったのは、巨大な翼。

『暗き天翼《アンダルム》』

暗い、昏《くら》い、闇を押し固めて作ったような大きな翼が広げられていた。

カラスの小さな体から広げられた巨大な翼。それはバサリバサリとはためき、カラスの体を宙に持ち上げる。

「来いよ、陰陽師」

カラスの翼が広げられる。闇の具現化であるその翼から大量のカラスが放たれ、それらはすぐに物質化して蘆屋の方へと突撃していく。

「……イリンッ！」

一瞬ためらった後、蘆屋は叫んだ。その声に応え、白い毛並みに黒い斑模様を持つ犬神のイリンが蘆屋の前に飛び出した。

「アォオオオオオオオオンッッ!!！」

咆哮《ほうこう》。同時に、元々虎や獅子ほどはあったイリンの体が膨れ上がっていく。その体からは白い霊力が滲み溢れている。

「我が主に触れられると思うなよカラス共ッッ!!」

巨大化したイリンがカラスの群れに立ちはだかった。爪の一振りで数匹のカラスを屠《ほふ》るイリンを避けようとするカラスたちだが、巨体に見合わぬ機動力を持つイリンの手から逃れるのは難しい。

『鬼《き》火導浄《かどうじょう》、八生滅敵《やっしょうめってき》、急急如律令《きゅうきゅうにょりつりょう》』

蘆屋の周囲に青い火の玉が八つ浮かび、イリンの横をすり抜け、カラスの群れを回避して、カラスの元へと素早く進んだ。

「カァ、触れるとまずいやつだな」

巨大な翼が思い切り開かれると同時にすさまじい強風が吹き荒れ、鬼火はまとめてかき消された。

「にゃぁ」

カラスの背後、ビルの中から飛び出してきたように見えるその猫は眼球や爪を含めた全てが真っ黒だ。その漆黒の爪がすらりと伸びて、カラスの首筋を狙う。

「悪いが、最初っから見えてんだ」

「にゃぁッ!?」

しかし、カラスは振り返ることもせず、翼から直接生やした闇の腕で猫を掴んだ。

「お前も含めてな」

「ッ⁉」

拘束された猫から飛び出してきた細長い体の管狐。カラスはそれを知っていたかのように、既に伸ばしていた闇の腕で管狐を掴んだ。

「くくくッ、この距離なら十分でありんす！」

管狐の体が半透明になり、腕からすり抜けてカラスへと飛んだ。

「オレの目は特別製だからな」

「なッ⁉」

カラスの大きな翼がはためくと、闇の波動が放たれて半透明になっていた管狐を吹き飛ばした。

「憑依だろ。端《はな》から、狙いはわかってる」

空中で管狐の体は元に戻り、ビルの壁に激突してそのまま倒れた。

「気づいてないと思ってるのか？」

「にゃっ⁉」

拘束していたはずの猫の姿が消えている。しかし、その体を液体のような闇に変化させて翼を這って進んでいることにカラスは気づいていた。

「まとめて寝てろ」

翼を大きく振るって猫を吹き飛ばした後、風が吹いた。蘆屋から離れていた二体は破魔之陣の効果を受けておらず、そのまま昏睡《こんすい》状態に陥った。

「……消えた？」

二体の対処をしている間に、蘆屋の姿を見失った。しかし、カラスであれば数秒の内に捜し出すことができる。カラスは意識を集中させて……

『――――臨《りん》、兵《びょう》、闘《とう》、者《しゃ》』

背後だ。遅かった。探知するより早く、姿を現した。

『皆《かい》、陣《じん》、列《れつ》、在《ざい》……』

振り向きながら翼を振るう。空を蹴って飛ばれ、避けられた。

『前《ぜん》』

霊力が溢れた。蘆屋の体から白いオーラが溢れ、カラスの翼から滲み出る闇と混ざってチリチリと焼ける。

『『九字切り』』

霊力が形を成し、格子状に放たれる。ネットのようなそれだが、本質は退魔と斬撃だ。触れれば体は無事では済まないだろう。範囲も広い。距離は近い。回避は間に合わない。

「翼は、捨てだ」

巨大な翼を内側にはためかせる。それと同時に暗き天翼《アンダルム》はカラスの体を離れ、盾となって白い格子状の斬撃に切り刻まれる。

「僕の勝ちだ、カラスッ！」

て進む。

数秒耐えたが、バラバラになって霧散した天翼。白い格子はまだ消えておらず、カラスに向かっ
「……いない？」

黒い針のような何かが、格子の間をすり抜けていった。それはそのまま、蘆屋の横を通り抜けていく。

「ッ、今のッ⁉」

慌てて振り向いた蘆屋。予想通り、その先にはカラスがいた。大きな翼は失っているが、傷はないように見える。

「陰陽師」

カラスはゆっくりと地面に降り立ち、語りかける。

「残念ながら……時間切れだ」

眉をひそめる蘆屋。その背後に一人の男が現れた。

「――――悪い、カラス」

黒い髪、整っているが少しやつれたような顔立ち。背はそう高くないが、筋肉はしっかりと付いているように見える。

「酒飲んでた」

どこからか、その手に剣が握られた。

「……ねぇ、何者？　人払いの結界が効かなかったのはいいとして、このカラスの主は君なんで

しょ？」

「そうだ。戦ってる様子は見てたが……陰陽師、実在したんだな」

陰陽道の存在は異世界にはなく、当然それにまつわる術理も老日は知らない。老日は興味深そうに蘆屋を見た。

「ボス、そこの犬と蘆屋以外はお望み通り殺さず無力化した。合格点はもらえるか？」

「あぁ、よくやった。別に、試していたわけじゃないんだが……経験を積むにはちょうどいい相手だと思ってな、酒を飲みながら見ていた」

カラスが目を細めて老日を見る。

「安心しろ、危なくなればすぐ回収するつもりだった。言っとくが、安全に危険な経験を積めることほどありがたいことはない。力があっても、その使い方と対策をよく知るには経験を積むしかないからな」

「……カァ」

言い訳じみて聞こえるが、事実ではあるのだろう。カラスは納得しておくことにした。

「……僕の質問に答える気はないの？」

「あぁ、カラスの主に関しては俺だ。何者かって質問に対する答えは持ってないな」

あっそ、と言って蘆屋は式符を構える。その頬を冷や汗が伝っていった。

緊張の表情を浮かべ、老日を睨む蘆屋。

「相当やばそうだし、本気で行かせてもらうけど」

「落ち着け。そもそも、俺たちは争う必要があるのか？」

蘆屋は式符を構えた腕を僅かに下ろす。

「事の顛末《てんまつ》はそっちの白いカラスから聞いてるか？」

「……縄張りに変な奴が来て、嗅ぎ回ってるって。だから、邪魔してくるようならやっといてって命令したんだけど、それから戦闘になったって感じ」

「オレは何も邪魔した覚えはねぇが。むしろ、情報収集の邪魔をされたのはこっちだぜ？」

カラスが言うと、蘆屋はため息を吐き、一枚の式符を取り出した。

「『式神召喚。連なる式の鳥、シロ』」

ぼとり、白いカラスが現れて地面に落ちる。

「ほら、起きてシロ」

蘆屋が霊力を流しながらシロを揺すると、シロはゆっくりとまぶたを上げた。

「……はッ!?」

シロは慌ただしく起き上がり、カラスを睨み付けて……転倒した。

「ぐ、ぐぬ……貴様……」

「落ち着けよ、白いの。今は話し合いの時間だぜ？　また戦闘になる可能性もなくはないけどな」

カラスの言葉に、シロは混乱したように周囲を見る。

「シロ、この黒いカラスが邪魔してきたんだよね？」

「えぇ、いまいましくもこの鳥は我が縄張りを侵犯し、あまつさえ群れを譲れと宣ったのです！

許せますかッ、この野蛮な鳥をッ!?」

熱くなり、カラスに飛びかかろうとするシロだが、また転倒して悲鳴を上げた。

「オレがどこにいようとオレの自由だろ？　そもそも、オレたちは普通、広い縄張りを持たねえ。せいぜい、自分の巣とその近くが縄張りってくらいだ。なのに、街一つ縄張りなんて言い張られても困っちまう。それに、群れを譲れってのも交換条件みてぇなもんだ。そっちが群れ全員でオレを食い殺すって言うからな。だったら、オレが勝った時にはその群れをもらうくらいがフェアだろ？」

「……どういうことだ？　何を言っているのかよくわからんぞ、貴様」

「黙ってろ、鳥頭」

「なんだと貴様ッ!!」

飛びかかろうとするシロを蘆屋が押さえ、老日は無表情で見ている。

「つまり、これはカラス同士の縄張り争いってだけの話ってことだな？」

「……かも」

短く答えた蘆屋に、老日は頷く。

「だったら、俺たちが争う理由はもうないな。勝ったのはカラスだ。あぁ、黒い方のな。だから、約束通り縄張り……というか、その白い奴の群れはもらう。代わりに、俺の使い魔に襲いかかったことは不問にしよう」

「なッ、そもそも約束などしていないッ！　群れをもらうなどそこの鳥が勝手に――――ッ」

老日の剣がシロに向けられた。

「わからないか？　アンタは負けてるんだ。温情がなければ既に死んでる。死人に口なしだ。あんまり喚《わめ》くなら、諺《ことわざ》通りにしてやるが」

「それ、は……」

拒否の言葉も肯定の言葉も出せないシロの頭に蘆屋の手が乗せられる。

「わかった。こっちが悪いみたいだし、群れはあげるよ。縄張りも好きにしていい。でも、一個聞かせて」

老日は剣を下ろし、耳を傾ける。

「群れを欲しがるのも、情報収集のためでしょ？　何をそんなに探し回ってるの？」

「当てはついているが、明確に相手が誰かはわかっていない。ただ、俺のことを探ってる奴を逆に探り出そうとしているだけの話だ」

あまり具体的な情報がなかったので、蘆屋は少し不満そうな表情になった。

「……それ、僕も手伝ってあげようか？　ほら、襲っちゃったお詫《わ》びにさ」

蘆屋の誘いに、老日は首を振った。

「要らないな。それに、アンタみたいな学生が関わるべきことじゃない。恐らくだが、かなり危険な相手だ」

老日がにべもなく断ると、蘆屋は眉をひそめた。

「学生だと思って舐めてるでしょ？　僕、これでも蘆屋家の次期当主は確実って言われてるくらい優秀な――――」

「――――カラス一匹にこの始末みたいだが」

蘆屋は黙り、そっぽを向いた。

「ふん、せっかく協力してあげようと思ったのにさ。別に、僕はいいけどね。僕はいいけど、もったいないことしちゃったね」

「……好奇心があるのはいいことだが、いつか痛い目を見るぞ」

隠し切れない興味に、老日は呆れたような顔で言った。

「……群れはあげるけど、もしソロモンって奴の情報を手に入れたら教えてね。これ、名刺。カッコイイでしょ？」

差し出された名刺。しかし、老日は僅かに険しい表情を浮かべている。

「……アンタ、ソロモンを探ってるのか？」

「んー、そうだよ。僕っていうか、お家の命令でね。なんか、ヤバい奴が復活しようとしているから、優秀な陰陽師はみんなそいつの調査をすることになってね。シロに任せてた情報収集もその一環」

そうか、老日は呟いた。

「……陰陽師全体で情報共有がされているって認識でいいか？」

「うん。ソロモンに関してはそうだね。なんか、最近の悪魔召喚事件とかもソロモン絡みっぽいって聞いたよ」

「他に、何か聞いてることはないか？」

「最近多発してる誘拐事件はソロモンの手勢によるものだって話は聞いたね。生贄《いけにえ》とか洗脳とか、そういうのに使うのかもって」

老日は少し迷い、そして頷いた。

「……いいだろう。俺がもし、ソロモンの情報を手に入れたら共有しよう。ただし、アンタもソロモンに関する話を聞いたら教えてくれ」

情報の共有。老日の申し出に、蘆屋は意外そうな顔をしながらも頷いた。それから、蘆屋は首を傾げ、尋ねる。

「あれ、もしかして君が追ってるのもそうなの？」

「恐らくな」

老日が頷くと、蘆屋は小さく笑みを浮かべた。

「ソロモンかぁ。面白くないって見えたけど、やっぱりもうちょっと調べてみようかな……占いなんて外れるもんだし」

「陰陽師が言う言葉か？」

「ソロモン、示されるは不吉な未来。面白くもなんともないって。そう見えたけどさ、そもそも占いなんてその結果を否定するために存在するもんだし。もし未来を変えられないなら、占いなんて存在価値ないでしょ」

そもそも、占いとは一喜一憂する娯楽のために生まれたものではない。人々の平穏と安寧、それを願って世界のあらゆる場所で生まれた技術だ。示された未来を変えられないのならば、最早占いの価値などない。

「あ、そうだ。君も占ってあげようか？　今ならただでいいけど」

「別にいいが、俺の未来を占うものなら無理だ。何も映らないし、何も示さない」

「……試していい？」

老日が頷くと、蘆屋は目を瞑り、手を合わせた。

「『万令状語《ばんりょうじょうご》』」

蘆屋の体から白い霊力が溢れる。

「『星辰の動くを、月の満ちるを、日の輝くを、遍《あまね》く捉え、その陰陽を見せよ』」

溢れ出た霊力が離れ、形を成し、球体となって蘆屋の周囲に浮かび上がっていく。大小さまざまな球体、それぞれ違う輝きを放つそれらは、まるで星空のようだ。

「『天文万象占星術』」

星たちが煌めき、蘆屋を中心に高速で天体が回転し始める。その回転の中で次々と星が消滅していき、少しずつ星は減っていく。

そうして残るのは必要な星のみ。それを見てその人の未来を占うのがこの術のやり方だった。

「……ぇ」

そのはずだった。

「星が、一つも残ってない？」

蘆屋の周囲には、たった一つの星すら浮かんでいなかった。これでは占うことなどできるわけがない。

「まぁ、そういうことだ。悪いが」

「すごい……僕、こんなの初めて見た」

老日の至近距離まで近づき、興味深そうに観察する蘆屋。老日は顔を顰め、一歩距離を取った。

「そこの式神が、アンタは男嫌いだって言ってた気がするんだが」

まだ地面に倒れたままのシロを指差し、老日は言った。

「んー、君はそうでもないかな。気持ち悪くないから」

「そうか」

「あと、男嫌いってよりも普通に女の子の方が好きってのはあるけど。女の子の方が可愛いし……ていうか、不思議だよね。女の子って大体、カッコいいより可愛いの方が好きなのに、男の子と付き合おうとするんだからさ」

老日は何も答えないことにしておいた。

「とりあえず、お互いにソロモンの情報を交換するって契約でいいな?」

「いいよ。連絡先はそれね」

蘆屋から老日が受け取った名刺には、連絡先も記載されている。

「あぁ。じゃあ、お互いにソロモンの情報を得た時は全て共有する。その条件で契約するぞ」

「契約？　そこまでやるの？　まぁ、いいけど……」

老日の伸ばした手を蘆屋は掴んだ。

「あと、俺のことは誰にも話さないでくれるか？」

「ん、いいよ」

蘆屋が答えると、その手を伝って魔力が流れ、契約が完了した。

8　エピローグ

蘆屋と協定を結んだ後、今日の寝床となる屋上を探していた俺は視界の端に映るビルの影、その闇を見た。

「……人気《ひとけ》はないな」

もう空は真っ暗な夜だ。東京と言えど端に近いこの場所は人気も少ないようで、今の俺には好都合だった。

「なるほど、少しは頭を使うようになったな」

路地の裏。老日はそこに入り込み、ただの影しかないその場所を踏みつけた。

「イッ、オエ～ッ!?」

影の中から現れたのは、奇妙な声を発する黒く薄べったい使い魔だ。その体には黄色く大きな目が一つだけ浮かんでいる。

「見せろ」

「イ、イア……」

その体を掴み、魔力を流し込んで情報が送られている先を調べた。情報が伝わってくるが、途中でそれは遮断された。

「切られたか……だが、場所はわかった」

ドロドロと溶けて地面に消えていく使い魔の体。情報の送付先に直接攻撃するまでは間に合わなかったが、敵の位置がわかっただけでも上出来だ。

「行くか」

俺は姿を消し去り、駆けた。


情報の送信先は山奥だった。高尾《たかお》山を登り、明らかに人の通る道ではない場所を進み、その奥地にある掘っ立て小屋までたどり着いたが、周囲に例の魔力の持ち主はいない。

「……なんだ？」

小屋の中に生命の気配はない。罠もなさそうだ。扉を開き、小屋の中に入った。

「これは……機械、か？」

小屋の中にあったのは爆発したかのようにバラバラに吹き飛び、黒く焦げた機械だけだった。かなり強い勢いで爆発したようで、小屋の壁にはいくつも凹みや傷ができていた。

「しょうがないな」

一際大きな機械の破片に手を当て、目を瞑る。すると、情報が伝わってきた。この機械の過去の情報だ。得られたのはこの機械が無事だったころの内部構造、これなら、そう難しくないな。十分、修復可能だ。

「変な機械だな。魔道具でありながら、電子機器でもある」

目を開けると、元通りの姿に戻った機械があった。後は調べるだけだ。

「……してやられたな」

機能は情報の送受信。つまり、この機械は中継機器だ。修復は完了したが、ラインは既に切られているらしく、この機器の送信先はわからない。

「完全に接続して、過去の情報を精密に取得すれば……いや」

聖剣を使えば、可能だ。だが、まだだ。まだこれは、俺の個人的な事情だからな。

「寝るか」

ちょうど、小屋だしな。今日の寝床はここにしよう。

◇

危なかった。

中継を作るやり方にしておいて良かった。アレは、確実にラインをたどって来ていた。既にいくつかの情報は取られているかもしれないが、俺にまではたどり着いていないだろう。

「……使い魔での監視はダメだな」

いくつかアクセスできる監視カメラを用意しておこう。この街に無数に存在する監視カメラであれば、さすがに俺の存在を察知されることはないはずだ。

常に詳細な位置を把握することは不可能になるが、東京から動いていないことを確認するくらいはできるかもしれない。

「老日勇に関してはこれでいいだろう。後は……他にも、嗅ぎ回っている奴らがいるな」

警察等の公的機関は当然だが、結社や陰陽師を筆頭にかなりの組織や団体が動き始めている。その中にはソロモンの復活を阻止しようとする者もいるが、利用しようとしている者もいる。

「調べた限りでは、既に接触している奴らもいる」

俺にではなく、ソロモンに直接だ。ソロモンも警戒しているのか、今のところ規模が大き過ぎる組織には接触していないようだが、時間の問題かもしれない。

「……急ぐ必要があるな」

ソロモンは力を取り戻しつつある。指輪はまだあの場所にあり、保管されているが……既に、その思念は自由に活動し始めている。

今はまだ、大した魔術を使うこともできないだろうが、それでもできることはある。俺に魔術を教えたようにな。

「今、俺はソロモンにとって最も邪魔な敵のはずだ。指輪の場所を知り、最も多くの情報を握っている。俺とソロモンの目的が別であることも知っているだろう。だが、その目的が何かまでは知られていない」

俺はまだ、利用価値がある。今のところ、まともにソロモンの復活に貢献しているのは俺だけのはずだ。ソロモン自身もいろいろとやっているようだが、まだ大きな動きは見えない。

「計画を早める必要があるか？」

ソロモンが俺を切るのは時間の問題だ。不要と判断されればすぐに俺は殺されるだろう。その前に、計画を実行する必要がある。

「……やるしかないな」

いつから、俺はこの道に堕ちたのだろうか。

「決まってる」

竜殺し、アイツが俺たちを裏切った時からだ。

◇

まぶしい朝を迎え、俺は目を覚ました。小屋の壁の隙間から突き刺す朝日は思いの外強い。体を起こし、外に出る。時刻は七時過ぎくらいだろうか。

「カァ、どんなとこで寝てんだよ、ボス」

軽く体を伸ばしていると、背後から声がかかり、俺の肩に一羽のカラスが飛び乗ってきた。黒く艶やかな体毛は他のカラスと比べれば輝いて見える。

「どんなとこって、小屋だよ。文明的だろ?」

「人間ってのは普通、安全な家の柔らかいベッドの上で寝るらしいぜ?」

カラスのくせに常識を語るカラスに、俺は新たな常識を教えてやることにした。

「残念だが、その普通は戸籍がある奴に限っての話だ」

「ボスにはねぇってことだな」

そういうことだ。俺は返事の代わりにカラスの頭をぽんと撫で、朝日を睨んだ。

「ソロモン」

知恵の王。どれだけの力を持っているかは知らないが、使い魔を送り込んできたり、こそこそと後をつけ回すような真似をしているのは確かだ。

それも単なる配下の意思によるものかもしれないが、あんな悪魔が暴れようとしていた時点でどの道ソロモン自体もろくな奴じゃないのは確かだろう。

「カラス、お前も復讐したいんだろ？」

「当たり前だ。オレを言いなりの道具に変えやがった奴を許すわけがないだろ」

こいつを使い魔にした時に、復讐への欲が渦巻いていたのを覚えている。

「それで言うと、俺はいいのか？　俺もお前を使い魔に変えたって意味じゃ変わらないはずだ」

肩に乗ったカラスに尋ねると、鼻で笑うようにカラスは短く鳴いた。

「オレが許さないって言ったのは、無理やりオレを言いなりの道具に変えた奴のことだ。だが、オレとボスの契約はオレが自ら選んだことだ。それに、ボスはオレの自由を奪う気はないらしいからな。だったら、もらった力の代わりに働くくらい嫌がる理由もねぇよ」

「……そうか」

俺は息を吐き、朝日の方へと歩き始めた。

「カァ、どこ行くんだ？」

「街だ。朝飯を食いに行く」

俺が言うと、カラスは目を輝かせて頷いた。

「いいな！　人間なら温かいままの飯を食えんだろ？　食ってみたかったんだよな、前からよ」

「……ついてくるなら、気配を消して来い」

ちゃっかりご相伴に預かる気らしいカラスは、当然だが公然と連れ歩けはしない。悪目立ちする上に、使い魔だってことがバレたらさらに面倒事が押し寄せる可能性がある。

「バレたりしねぇか？　オレが偵察用の隠密特化とはいえ、ボスくらい強い奴相手にはどのくらい気配遮断が通じるかはわからねぇぜ？」

「影に潜っとけ。それに、俺くらい強い奴はさすがにそういないはずだ」

「カァ、その手があったな」

俺くらい強い奴か。さすがにいないと思いたいけどな。

「そういやボスは、親はいないのか？　戸籍ってのがなくても、親の家がありゃそこで寝れるだろ？」

「親は、だいぶ前からいないな」

俺が短く言い切ると、カラスも短く鳴いて応えた。

「飯、何食いたい」

「カァ、肉だな！」

即答したカラスに俺は再び朝日を見上げた。

「わかった。白いのに勝った祝いにいい肉を食わせてやる」

「そりゃいいな！　合格点もらったかいがあるってもんだ！」

輝ける朝日は、未《いま》だに俺たちを強く照らしている。だが、そのまぶしさも今は祝福のようにすら思えた。

あとがき

『異世界から帰ってきた勇者は既に擦り切れている。』、ご購読頂きましてありがとうございます。

小説について深く学んだわけでも無く、深い人生経験も無いような僕ですが、この小説を本にすることが出来ました。この本は元々、ネット小説サイトに掲載しているものなのですが、深い構想を立ててのお陰です。ここまで来れたのは偏《ひとえ》に応援してくださった皆様や、支えてくださった方々書き始めたものでは無いので、幾らか稚拙な描写もあったかと思います。それでもこの作品を楽しんで読んで頂けたなら、感謝の念が尽きません。そもそも何故この作品を書き始めたかというきっかけを言えば、現代舞台で最強系の作品を書きたくなったからなんですが、もう一つのコンセプトとして、色んな世界線というか色んなストーリーが交差する作品にしたいなぁというのがあるんです。なので、ここからは更に色んなキャラが入り混じるカオスな感じになっていくと思います。

さて、そろそろ書くことも無くなってきたのでキャラの設定なんかについて話していこうかと思います。先《ま》ずは主人公である老日君ですが、名前の由来はそのまま勇者から来てます。老日勇で、勇に老と日を合わせると大体勇者になります。はい、割と雑です。彼の生い立ちを語ると、十七歳で異世界に召喚されて五年の歳月をそこで過ごした勇者君です。召喚前にも家庭環境で色々あり、割と召喚前から擦り切れていたのが彼です。裏設定みたいなのはちょっと難しいですが、この一巻時点ではまだまだ本気を出してません。老日君の全力には聖剣というツールが深く関わっています。

もし二巻が出れば、聖剣の力も見れるかも知れません……（二巻に入り切るかは怪しいですが）。

次に犀川翠果ですが、彼女は取り敢《あ》えず緑がイメージで、名前の翠果も普通にスイカから来てます。深い理由とかは無いです。彼女の生い立ちは両親が学者や研究者の家庭で、英才教育を受けた末に学生の身でありながら異界研究について大きな影響を及ぼした研究者となりました。武術に関しては殆《ほとん》ど扱えませんが、魔術は結構使えます。ハンター達とも関わる機会が多いので、戦士としても明らかに異質な老日君には興味を示しています。

そして白雪天慧ですが、彼女に関しては一番ちゃんとした裏設定が詰まってます。彼女は何というか、天真爛漫《てんしんらんまん》で非常識な感じですが、あんな感じなのにも理由があります。それと、魔眼を複数使えることについてもですね。

後は、ちょっとしか出ていませんが八研御日は十八歳のハンターです。高校には通っていません。老日程では無いですが、家庭環境が相当複雑というか、劣悪な中で育ってきました。なので日々お金にも困っており、大抵のことなら食べ物で釣れます。

最後に、蘆屋干炉ですかね。彼女は現代っ子な陰陽師です。陰陽師っていう古風な存在に、今風な喋り方とかスタイルを合わせようという考えで生まれた男嫌いのぼくっ子です。陰陽師としては相当優秀で、同年代の中では群を抜いて優れています。ただ、準備の有無で戦力が大きく変動するというところはありますね。

こうしてあとがきを書くのは二度目なんですが、これで良いんですかね……？

何はともあれ、ここまでご覧頂きありがとうございました！

BKブックス

異世界から帰ってきた勇者は既に擦り切れている。

2025年4月20日　初版第一刷発行

著　者　暁月《あかつき》ライト

イラストレーター　えめらね

発行人　今 晴美

発行所　株式会社ぶんか社
〒102-8405　東京都千代田区一番町29-6
TEL 03-3222-5150（編集部）
TEL 03-3222-5115（出版営業部）
www.bknet.jp

装　丁　AFTERGLOW

印刷所　株式会社広済堂ネクスト

ISBN978-4-8211-4695-6

Printed in Japan